古诗遇见喵

写景篇

赠朗诵音频

叶德平　邱逸　著

華東理工大學出版社
EAST CHINA UNIVERSITY OF SCIENCE AND TECHNOLOGY PRESS
·上海·

图书在版编目（CIP）数据

古诗遇见喵. 写景篇：赠朗诵音频 / 叶德平，邱逸著. — 上海：华东理工大学出版社，2023.8

ISBN 978-7-5628-7128-6

Ⅰ. ①古… Ⅱ. ①叶… ②邱… Ⅲ. ①古典诗歌－诗歌欣赏－中国－少儿读物 Ⅳ. ①I207.2-49

中国国家版本馆CIP数据核字（2023）第154529号

项目合作：锐拓传媒copyright@rightol.com。
著作权合同登记号：图字09-2023-0571

策划编辑 / 韩媛媛
责任编辑 / 张　云
责任校对 / 章斯纯
装帧设计 / 居慧娜　王吉辰
出版发行 / 华东理工大学出版社有限公司
地址：上海市梅陇路130号，200237
电话：021-64250306
网址：www.ecustpress.cn
邮箱：zongbianban@ecustpress.cn
印　　刷 / 上海盛通时代印刷有限公司
开　　本 / 787 mm × 1092 mm　1/24
印　　张 / 9.5
字　　数 / 127千字
版　　次 / 2023年8月第1版
印　　次 / 2023年8月第1次
印　　数 / 1~10000册
定　　价 / 40.00元

序 言

几年前的一个下午，在一次偶然的文人茶聚中，我们跟一些朋友聊到孩子阅读经典古诗文的重要性。

学习古诗，让我们深刻体会到它对想象力、创作力、鉴赏力、理解力，甚至对个人修养的莫大益处。

在古诗的世界里，我们不仅欣赏了“白毛浮绿水，红掌拨清波”的童趣，感受到“孤帆远影碧空尽”的意境，领略了“秦时明月汉时关”的厚重，体会到“此物最相思”的情怀，还学习了“力拔山兮气盖世”的史事，聆听了“劝君惜取少年时”的

教诲。

两千五百多年前，孔子告诉世人，学习诗，可以让一个人变得“温柔敦厚”。从此，诗就成了孩子们的启蒙读物，也成了烙在中国人内心世界的文化印迹。上至王侯将相，下至贩夫走卒，人们都能背诵两三句——“床前明月光，疑是地上霜”“谁言寸草心，报得三春晖”……

然而，随着科技的进步、生活节奏的加快，古诗好像成了夏日里的旧棉袄，被搁在一旁。或许因为它过于艰深，或许因为它不合时宜，总之，人们有千百种原因不再读诗。

古诗是中华文化的瑰宝，是打开孩子们想象之门的钥匙，是文字版的乐高游戏。因此，我们决定让古诗变得有趣，变得平易近人。

首先，在选材方面，我们从孩子的生活情境

入手，孩子对什么更感兴趣，我们就优先选取相关的诗来解读。所选诗歌篇幅适中，意象经典，比喻生动，由浅入深。这些诗有一半来自部编版语文教材和2022年语文“新课标”推荐背诵的优秀篇目，能满足小学生语文学习的需要；还有一半是诗词专家推荐的名家名作，作为课外拓展部分，帮小学生开阔视野，增加诗歌积累量。

其次，在译注方面，我们放弃了传统的逐字解释，而是选用了意译的方法，力求把诗句的意境描绘出来。毕竟，古人触手可及的一些事物，今日已成了纸上陈迹，孩子们不易掌握。因此，我们尽量用通俗易懂的语言，把古时的意象表述出来，带领孩子们慢慢走进诗人的情感世界。

再次，在品德教育方面，我们希望能做到“古为今用”。孩子们或许难以直接感受古人的情怀，可是昔日的美好价值观却能通过诗歌来传承。王之涣的远大志向、虞世南的庄敬自强、王安石的高洁傲骨……都是孩子们可以学习的美好品德。

最后，在呈现形式方面，猫咪形象的诗人是这套丛书最大的特色，跟着可爱的猫咪了解古诗创作背后有意思的故事，相信孩子们会对古诗的印象更深刻，也读得更轻松、更快乐！我们还邀请了小朋友参与这一百首诗的音频录制。孩子们只要用手机扫一扫页面上的二维码，就能一边听着天真烂漫的朗读，一边感受诗歌的优美。在朗诵音频后面还附有讲解音频，让孩子们更轻松地掌握古诗，也便于他们进行自主学习。

孔子曰：“诗，可以兴，可以观，可以群，可以怨。迩之事父，远之事君。多识于鸟兽草木之名。”这正好替我们总结了诗歌的三大功用：（1）培养孩子的想象力、观察力与批判思辨能力；（2）教导孩子孝敬父母，学习处世之道；（3）教授孩子大自然常识。总之，我们期望这套丛书能陪伴着孩子成长，让他们在最轻松的环境下用最有趣的方法学习优美的中国文化。

叶德平、邱逸

目 录

wáng zhī huàn

王之涣

通讯录

李白

王昌龄

岑参

钱起

高适

卢象

基本资料

生卒年

688—742

字 / 号

字季凌

家乡

并州晋阳

（今山西省太原市）

代表作

《登鹳雀楼》

《凉州词》

朋友圈

王之涣

鹳雀楼建在黄河边的高地上面，景色十分优美，我忍不住要为它写一首诗啊！

♡ 李白, 岑参

李白：季凌兄的诗一定是千古名句，我看到后会马上背下来！记得拍多一些照片。

岑参：恭喜季凌兄！贺喜季凌兄！肯定又是一首好诗！

五言绝句

dēng guàn què lóu

登鹳雀楼

王之涣

扫一扫
听录音

bái rì yī shān jìn
白日依山尽[1]，
huáng hé rù hǎi liú
黄河[2]入海流。
yù qióng qiān lǐ mù
欲穷[3]千里目[4]，
gèng shàng yì céng lóu
更上一层楼。

诗歌翻译

夕阳沿着远方的山脉消失了，
滔滔黄河水流入大海。
如果想看到千里之外的景色，
我们需要再登上一层楼。

① 依山尽：太阳下山后，天色昏暗，远方的山景渐渐消失，看起来像太阳随远山一同消失。② 黄河：中国第二长河，位于中国北方地区。③ 穷：穷尽。④ 千里目：能看到极远的视力。

诗的前两句记述诗人登上鹳雀楼时的时间、地点和所看到的景色。你能猜到诗人是在什么时候登楼的吗?

对了，就是在黄昏的时候！诗人看见远处的太阳一开始在山顶上，渐渐躲起来，最终挨着远方的山悄悄消失了。太阳消失了，诗人把目光收回来，从高高的楼上往下瞧——脚下的黄河之水很急、很凶猛！它好像跟着太阳的步伐，也想回家了，一口气冲出大海，相当壮观！

看见太阳的悠闲和黄河的激情，诗人变得更加兴奋了。这时候，他心想："我再走上一层，会不会看得更远呢?"

会的，会更远，这就好像爸爸妈妈说的："想取得大成就，必须加倍努力！"

顺带一提，这两句是千古名句，还不赶快背下来?

诗歌带我游：鹳雀楼

鹳雀楼因楼上常常有鹳鸟休息而得名。

鹳雀楼楼高三层，而且建在高地上，所以人站在上面可以看到很远的地方。

可惜，鹳雀楼后来被黄河冲毁了。

他写这首诗：美景当前

诗人王之涣是山西人，长大后，又在山西做官，对家乡的名胜古迹有着独特而深厚的感情。而且，鹳雀楼建在黄河边的高地上，景色十分优美，王之涣忍不住要为它写一首诗。

亲亲这首诗

这首诗的主题是写景，然后借景色抒发诗人远大的志向。

我和诗歌手牵手

你知道中国古代的“四大名楼”吗？它们分别是滕王阁、黄鹤楼、岳阳楼和鹳雀楼。感兴趣的话可以去看一看。

bái jū yì

白居易

通讯录

元稹

刘禹锡

顾况

唐宪宗

李绛

白行简

基本资料

生卒年

772—846

字／号

字乐天，

自号香山居士

任职

江州司马、杭州刺史

诗歌风格

语言浅白通俗，

内容反映现实

朋友圈

白居易

文章合为时而著，诗歌合为事而作。写诗写文却未能关怀民间疾苦和反映现实，我做诗人跟做条咸鱼有什么分别？！

♡ 元稹, 李绛

元稹：乐天兄说得好！乐天兄说得妙！乐天兄呱呱叫！

李绛：受教了，为民发声，难怪你的大作广受欢迎，名气都传到东瀛去了。

七言绝句

mù jiāng yín
暮江吟

白居易

yí dào cán yáng pū shuǐ zhōng
一道残阳铺水中，
bàn jiāng sè sè bàn jiāng hóng
半江瑟瑟[1]半江红。
kě lián jiǔ yuè chū sān yè
可怜[2]九月初三夜，
lù sì zhēn zhū yuè sì gōng
露似真珠[3]月似弓。

扫一扫
听录音

诗歌翻译

傍晚，落日余晖铺满江水，
江面上的水波，被映衬得一半呈绿色，一半呈红色。
在这个可爱的九月初三的夜晚，
露水凝枝，晶莹如珠，新月初升，弯曲若弓。

1 瑟瑟：水面的颜色像碧玉一样。2 可怜：可爱。3 真珠：珍珠。

你知道什么是残阳吗？残阳就是太阳临近下山时的模样。这一道残阳轻轻地躺在江面上，把半江江水点染成殷红色，而另一半则还是碧绿如玉。你觉得这样的景色美不美呢？

一路看着看着，原来已是晚上了。虽然有点儿舍不得太阳下山，但是在月亮的映衬下，一切都变得可爱了——露珠幻化成珍珠，而月亮变成了一张新弓，高高地挂在半空中。

诗歌带我游：中国的河流

中国河流众多，东部河流有珠江、长江、黄河、淮河、辽河、海河、松花江等，西部河流有塔里木河、雅鲁藏布江等。除了自然河流外，还有人工开凿的运河，其中以京杭大运河最为著名。

他写这首诗：赞美大自然的美景

这是一首描写深秋黄昏景色的诗歌。诗人用鲜艳的颜色——“瑟瑟”和“红”把江上残阳的风光描写出来，又用“真珠”“弓”分别比喻露水与新月。看到这么优美的景色，诗人心情欢悦，忍不住写诗赞美。

亲亲这首诗

在这个深秋的黄昏，诗人用文字描绘了一幅暮江秋夜图：夕阳西下，水波像鳞片般流闪着，露水如珠，新月似弓。秋天的夕阳是那么柔和，江面是那么平静。看到这样的美景，你是不是和诗人一样，也感到很安闲、舒适呢？

我和诗歌手牵手

你知道观赏日落的好地方吗？快请你的爸爸妈妈带你去吧！

kòu zhǔn
寇准

通讯录

宋太宗

温仲舒

毕士安

高琼

王曙

魏野

基本资料

生卒年

961—1023

字 / 号

字平仲

任职

北宋著名政治家，
曾两次担任宰相

创作风格

淡雅

朋友圈

寇准

我刚刚又去劝谏皇上了，不知会不会导致龙颜大怒……

♡ 温仲舒, 宋太宗

温仲舒: 圣上必定能体恤你一片苦心，加油！

宋太宗: 朕得到寇卿家这样的大臣，就如唐太宗得到魏征一般，请你一定要继续在朕的身边辅助朕啊！

五言绝句

yǒng huà shān
咏华山

寇准

zhǐ yǒu tiān zài shàng
只有天在上，
gèng wú shān yǔ qí
更无山与齐[1]。
jǔ tóu hóng rì jìn
举头红日近，
huí shǒu bái yún dī
回首白云低。

扫一扫
听录音

诗歌翻译

我站在华山之巅，头顶上只有蓝天，
环视四周，没有一座山能与我比高。
抬起头来，只见红彤彤的太阳离我很近，
低下头看，唯有朵朵白云在我脚下飘荡。

1 齐：这里是“一样高”的意思。

你喜欢登山吗？诗人很喜欢。他站在高山之上，头上只有一片天，环视四周，也没有其他山能与自己比高。

可见除了天，华山比什么都高啊！

抬起头一看，平日高高挂在天边的红日，竟然就在不远处。再低头一望，不得了——一朵朵白云居然在脚下飘荡。

这种天地辽阔的感觉很美好，好像在告诉诗人："你真伟大！"

诗歌带我游：华山

华山位于今日陕西省华阴市境内，是“五岳”①之中的“西岳”，以山峰雄奇险峻而闻名，被誉为“奇险天下第一山”。

他写这首诗：登高有感

诗人登上高山，有感而发。

这首诗四句全是描写华山的“高”，但诗人偏偏没有在诗中用一个“高”字，而是借助了蓝天、红日、白云等物象衬托华山之高，可谓心思巧妙。

亲亲这首诗

这首诗描写了华山的高峻，表现出诗人壮阔的胸怀和奋发向上的精神面貌。华山的高，只有亲自登上，才会有真切的体会。

我和诗歌手牵手

你有没有登过高山？登上了高山，往山下一看，周围都被云海覆盖，我们就好像身在仙境之中。你一定要找个机会体验一下呀！

---

①“五岳”指“东岳”泰山，“西岳”华山，“南岳”衡山，“北岳”恒山，“中岳”嵩山。

wáng ān shí

王安石

通讯录

曾巩

欧阳修

周敦颐

文彦博

基本资料

生卒年

1021—1086

字 / 号

字介甫

任职

宰相

身份

中国历史上著名的政治家、改革家，唐宋八大家之一

朋友圈

王安石

压力大，过年我要吃年糕、萝卜糕、马蹄糕、瓜子、笑口枣……人类已经不能阻止我了。

♡ 欧阳修, 周敦颐

欧阳修：老弟，你的男神形象要崩了。

周敦颐：小心“三高”，合理饮食，从我做起。

七言绝句

yuán rì
元日[1]

王安石

扫一扫
听录音

bào zhú shēng zhōng yí suì chú
爆竹声中一岁除，
chūn fēng sòng nuǎn rù tú sū
春风送暖入屠苏[2]。
qiān mén wàn hù tóng tóng rì
千门万户曈曈日[3]，
zǒng bǎ xīn táo huàn jiù fú
总把新桃换旧符[4]。

诗歌翻译

爆竹声此起彼伏，不觉一年又过去了，
春风轻拂，仿佛把暖意送进屠苏酒。
晨光和煦，家家户户都感受到春意，
忙着把门口的旧桃符换上新的。

① 元日：农历正月初一。② 屠苏：药酒名。古时元日这一天，一家人会按长幼次序饮用泡了屠苏草的酒。③ 曈曈日：太阳初升的意思。④ 新桃换旧符：用新的桃符换下旧的桃符。桃和符即“桃符”。古时元日这一天，家家户户都会在桃木板上绘门神，然后悬挂在门上以驱邪。这就是春联的前身。

大家知道什么是爆竹吗？爆竹就是一种用纸张包裹炸药粉末的物品。新年时，人们都爱燃放它来庆祝。元日这一天，家家户户都燃放爆竹，“噼噼啪啪”的声响告诉人们：“难忘的一年过去了！”人们一边喝着屠苏酒，一边享受着春风送来的温暖。

春日的阳光格外和煦。元日这一天，大家都会做什么呢？原来家家户户都打开门，迎接初春的阳光。然后，一家人还一起把挂在大门上的旧桃符换成新的。

诗歌带我游：元日

“元日”是我国古代对元旦的称呼之一，即新年的第一天。但是古代的“元日”指的是农历新年的第一天，也就是正月初一，而不是我们现在所称的元旦（公历每年的1月1日）。

他写这首诗：万象更新

诗人巧妙地描写了农历新年的几个活动情景，生动地把喜乐热闹的节日气氛表现出来。所谓“一元复始，万象更新”，家家户户都换上新桃符，诗人由此表达自己积极乐观，对未来充满信心。

亲亲这首诗

这是一首描写农历新年的诗歌。诗人描写了几个主要的过节情景，表现了喜气洋洋的氛围。

我和诗歌手牵手

对中国人来说，最重要的节日莫过于农历新年了。你对新年有什么难忘的印象呢？家里有什么庆祝节日的活动吗？会不会大扫除、穿新衣、吃饺子、贴春联、到亲戚家里拜年？

hàn yuè fǔ
汉乐府

通讯录

诗经协会

楚辞研究社

汉武帝

唐诗之友

宋词夜谈

基本资料

背景

“乐府”初设于秦，正式成立于汉代。汉武帝扩大“乐府”的规模，令其搜集民间的歌辞入乐。因此，后世将由乐府机构搜集整理的诗歌称为“乐府诗”。

职责

采集民间歌谣或文人的诗来配乐，以备朝廷祭祀或宴会时演奏之用。

朋友圈

汉乐府

想一举成名吗？快创作歌曲吧！想走上人生巅峰吗？快把你所创作的歌曲投稿给我们吧！

♡ 诗经协会，汉武帝，楚辞研究社

诗经协会：抢生意呀！

汉武帝：甚得朕心，甚得朕心。

楚辞研究社：那我也占个广告位！欢迎给我们投稿！

乐府诗

jiāng nán
江南[1]

佚名

jiāng nán kě cǎi lián
江南可采莲，
lián yè hé tián tián
莲叶何[2]田田[3]，
yú xì lián yè jiān
鱼戏[4]莲叶间。
yú xì lián yè dōng
鱼戏莲叶东，
yú xì lián yè xī
鱼戏莲叶西，
yú xì lián yè nán
鱼戏莲叶南，
yú xì lián yè běi
鱼戏莲叶北。

扫一扫
听录音

诗歌翻译

江南盛产莲花，莲叶团团相依，圆大而茂密。
小鱼儿在莲叶之间穿梭嬉戏。
时而在东，时而在西，时而在南，时而在北。

① 江南：长江以南的地方。② 何：多么。③ 田田：莲叶团团相连的样子。④ 戏：嬉戏。

诗歌首句描绘了一幅江南采莲图：碧波荡漾的江南水边，一群少男少女乘着小舟在莲叶间穿梭采莲。此刻，欢笑声此起彼伏，少男少女就像那些在莲叶间的鱼儿，恣意嬉戏畅玩。

首句的“可”是“正好”的意思，第二句的“何”是“多么”的意思。在莲叶如此茂盛的时节，不是正好可以去采莲吗？

在当时，《江南》是一首能唱咏的“相和歌辞”。前三句是“唱”的部分，后四句是“和”的部分。这四句具体描写了“鱼戏莲叶间”的情景——看！鱼儿是多么活泼调皮，它们在水中摆尾穿梭，东、西、南、北，这边看一看，那边闹一闹，很是愉快啊！

诗人循环往复地写鱼儿作乐的姿态，也映衬出采莲人心情的欢快。整首诗简明、自然、质朴。

诗歌带我游：乐府诗

乐府诗的特色是“感于哀乐，缘事而发”，意思是老百姓有感于当时的社会现状，所以创作诗歌以表达情绪。

他写这首诗：采莲曲

江南是一片水域辽阔的地方，湖泊甚多。夏秋之际，湖面生长着大片大片的莲。莲的花、种子、嫩叶和根茎都可以食用，价值极高。所以每逢夏秋季节，江南的年轻男女就会乘小舟或木盆下水，边采莲边唱歌。这首诗便是他们采莲时所唱的歌。

亲亲这首诗

这首诗歌属于汉乐府“相和歌辞”类。这类歌辞的特点是演唱时有人声或乐器相和，有时是一人唱三人和，有时是琴瑟箫笙伴奏。这首诗前三句是“唱”的部分，后四句是“和”的部分。就篇章布局而言，有“一唱三叹”之效，大大深化了诗歌的主题。

值得留意的是，古诗常以“鱼”比喻“最理想的配偶”（闻一多《神话与诗》）。这首诗从第三句开始，诗人以“鱼”比喻情人，彼此相亲相爱，从莲叶之东一直嬉游至莲叶之北。

因此，这首表面上是写景的——江南采莲图，实际上是少男少女的爱情宣言。

我和诗歌手牵手

在我国的长江以南，有一块美丽、富饶的土地，这里是有名的鱼米之乡。清清的小河从每家每户的门前流过。一到夏天，这里就更美了。有机会一定要跟家人一起去感受江南的美！

wáng chāng líng

王昌龄

通讯录

崔国辅

孟浩然

李白

岑参

王维

李颀

基本资料

生卒年

698? —756?

字 / 号

字少伯

家乡

京兆长安

（今陕西省西安市）

官职（部分）

曾任江宁丞、

龙标县尉

朋友圈

王昌龄

但使龙城飞将在，不教胡马度阴山。

李广将军啊，你在哪儿？快来帮助我们杀敌吧！

♡ 岑参，李颀

岑参：少伯兄不如披甲上阵，亲自当“飞将军”吧！

李颀：不愧为七绝圣手，好诗，好诗！

七言绝句

chū sài
出塞

王昌龄

扫一扫
听录音

qín shí míng yuè hàn shí guān
秦时明月汉时关，
wàn lǐ cháng zhēng rén wèi huán
万里长征[1]人未还。
dàn shǐ lóng chéng fēi jiàng zài
但使龙城飞将[2]在，
bú jiào hú mǎ dù yīn shān
不教[3]胡马[4]度阴山。

诗歌翻译

那是秦汉时期的明月和边关，
到万里以外作战的战士至今还未回来。
假如龙城的飞将军李广如今还在，
我们绝不会让敌人越过阴山。

①长征：长途行军、打仗。②飞将：汉代名将李广，英勇善战，匈奴称之为“飞将军”。③不教：不让。④胡：古代汉族对北方游牧民族的通称。

为防止敌人入侵，很早以前，人们便懂得修筑坚固的关防。诗中说：明月还是秦汉时的明月，边关还是秦汉时的边关，而防守边关、跟入侵的外族作战，虽历经千年依然不变。如今一批批战士仍然在万里之外驻扎，不得归乡。

面对边关战事不利的现实情况，人民自然想到汉代智勇双全、令敌人闻风丧胆的飞将军李广。要是有李广那样的将领来统率部队的话，就不会让敌人南下，危害国家的安全了。

诗歌带我游：阴山

阴山横亘内蒙古自治区中部，是古代中原汉族抵御北方游牧民族的屏障，存留的名胜有昭君墓、战国赵长城等。古今有许多著名诗句是描写阴山的，如北朝民歌《敕勒歌》中有名句“天苍苍，野茫茫，风吹草低见牛羊”。

他写这首诗：名将难求

诗人王昌龄生于唐朝初期。那时候，刚建立的唐朝跟外族经常在边境交战。朝廷不断征兵，但双方难分难解，战争打了很久还未结束。诗人写下这首诗，既是希望战士们能早日回家，也是希望唐朝能出一位像李广一样骁勇善战的将军。

亲亲这首诗

这首诗是将古和今进行对比，希望古代的名将能出现，让征战万里的战士们能早日回家。

诗人以名将李广为例，发出“如果……就好了”的祈愿，是不是也隐含着对朝廷未能任用贤才，造成战事失利的讽刺呢？

我和诗歌手牵手

古人为了防御外敌，会筑起屏障，比如万里长城，从战国时期一直到明清，它都发挥了一定的军事作用。你去游览过长城吗？如果没有，快请你的爸爸妈妈带你去吧！

běi cháo yuè fǔ

北朝乐府

通讯录

汉乐府

诗经协会

楚辞研究社

唐诗诗社

骈文网

基本资料

简介

南北朝乐府民歌是继汉乐府民歌之后比较集中出现的一批民间歌谣，是中国诗歌史上又一新的发展。

北朝乐府诗的内容偏重反映社会生活，风格爽朗率真。

〈 朋友圈

北朝乐府

大家好，小编今天要说一个苍穹与牛羊的故事。故事中有一群牛羊在苍茫的草原上悠闲地吃着草，没有大魔王，故事结束了。嘿嘿！

【30秒看完别人用一生体验的北方草原风貌】

北朝乐府

chì lè gē
敕勒[1]歌

佚名

扫一扫
听录音

chì lè chuān yīn shān xià
敕勒川[2]，阴山[3]下。
tiān sì qióng lú lǒng gài sì yě
天似穹庐[4]，笼盖四野。
tiān cāng cāng yě máng máng
天苍苍[5]，野茫茫。
fēng chuī cǎo dī xiàn niú yáng
风吹草低见[6]牛羊。

诗歌翻译

放眼望去，敕勒川在阴山脚下，
天空就像穹庐，笼罩一片草原。
晴朗的蓝天，苍茫的原野。
凉风吹低了小草，牛儿、羊儿尽现眼前。

① 敕勒：少数民族的名称。② 川：平原。③ 阴山：山脉名称，位于今内蒙古自治区。④ 穹庐：与蒙古包相似的圆顶帐篷。⑤ 苍苍：深青色。⑥ 见：同“现”，露出来。

性格豪迈的诗人，在诗歌的起首，直接把眼前的长河和高山书写出来。然后，诗人移步原野，从它的中心向四处张望，由上而下描画了这一片辽阔的草原。

这里需要注意的是，诗人把天空比作穹庐，尺寸上似乎不太合适，但草原牧民正以穹庐为家。以此为喻，显得非常亲切自然。

第五、六句与第三、四句相呼应，用“苍苍”“茫茫”描绘天地的无边无际。你能想象这样一幅画面吗？长河、高山、广阔的蓝天、无边的草原……无休止的宁静中忽然刮起一阵风，把草吹弯了腰，露出正在吃草的牛羊。

就是这样，诗人从大到小，用眼前牛羊的悠然自得衬托草原的静谧，写出画龙点睛的尾联，也令整个画面更显生机。

诗歌带我游：穹庐

穹庐是古代北方游牧民族牧民居住的圆顶帐篷，蒙古包就是其中的一种。游牧民族向来逐水草而居，每年有四次迁徙，并因春、夏、秋、冬四季气候不同，选择扎营的地点也有所不同。穹庐便于搬运，又能御风寒，十分适合以游牧为生的人居住。

他写这首诗：古老牧歌

传说这首诗原来是用鲜卑语写成的古老牧歌，后来才翻译成汉语。鲜卑族是南北朝时期统治中国北方的少数民族之一。

亲亲这首诗

这首诗共七句，长短不一，是古代的杂言诗。诗人用宏观的视野，描写北方草原放牧的生活风貌，表现了北方游牧民族豪迈的气概。

我和诗歌手牵手

你在郊野露营过吗？听说露营时，晚上躺在草地上就能看到北斗七星呢！多么壮丽！

lǐ bái
李 白

通讯录

孟浩然

李邕

崔成甫

贺知章

杜甫

高适

基本资料

生卒年

701—762

字 / 号

字太白，

号青莲居士

文学史地位

唐代伟大的浪漫主义诗人，与杜甫齐名，被誉为“诗仙”。诗风浪漫、雄奇、奔放

朋友圈

李白

看这像银河般落下的瀑布！肯定是世界末日的征兆，一定是，除非不是！大家快逃！

孟浩然，贺知章

孟浩然：你酒喝太多了吧？

贺知章：快回去！别掉进瀑布里啦！

七言绝句

wàng lú shān pù bù

望庐山瀑布

李白

扫一扫
听录音

rì zhào xiāng lú shēng zǐ yān
日照香炉①生紫烟②，
yáo kàn pù bù guà qián chuān
遥看瀑布挂前川。
fēi liú zhí xià sān qiān chǐ
飞流直下三千尺，
yí shì yín hé luò jiǔ tiān
疑是银河③落九天④。

诗歌翻译

太阳照在险峻的香炉峰上，
一道道紫烟缭绕四周。
远远望去，一条瀑布高高悬挂于山前。
水流从几千尺的高崖直泻而下，
仿佛银河自九重天飞落。

① 香炉：这里指庐山的山峰——香炉峰。② 紫烟：在阳光照耀下的云雾。③ 银河：传说中的天河。它实际上是由许多恒星组成的，因为它形如白色光带，所以称为银河。④ 九天：古代传说天有九层，九天是天的最高层。

香炉峰是庐山的高峰之一，陡峭高峻，四周云雾缭绕，在阳光的映照下，美不胜收。

看到这里，你有没有感到奇怪，诗题明明说是看瀑布，为什么诗的第一句却是写香炉峰的美景？其实诗人是想用香炉峰来点染瀑布的雄奇壮美，铺垫出诗的主角——从远处看去，只见瀑布高高悬挂在山峰之上，就像一匹飘在半空中的白色绸缎。

经过前面两句的描绘，你的脑海中有没有出现一幅美丽的山水画？突然，诗人以动破静，写出瀑布如飞一般从几千尺的高崖之上直奔地面，营造出破空而来的震撼感。

在读者还沉浸于瀑布的动感之时，诗人忽然又抛出一个奇特的想法："这难道是银河从九重天掉落下来了吗？"再次调动读者的情绪，让动态复归于静态。

诗歌带我游：瀑布

瀑布由山坡或悬崖倾泻下来的水流形成。水流从崖边飞奔地面，激荡出隆隆巨响，十分壮观！除庐山瀑布外，我国著名的瀑布还有黄果树瀑布、德天瀑布、壶口瀑布等。

他写这首诗：畅游庐山

诗人热爱庐山，每次游览之后，都会留下诗篇。他写了两首《望庐山瀑布》，本诗是其中一首，另一首是二十二句的五言古诗。这两首诗奇伟壮丽，将瀑布的磅礴气势表露无遗。

亲亲这首诗

诗人在天清气朗的一天，登上庐山，远眺西北方的香炉峰。李白诗的许多特色，如想象奇特、浪漫夸张、气势恢宏等，在这首短诗中都得到了充分体现。你注意到了吗？

我和诗歌手牵手

李白笔下的庐山瀑布雄奇壮丽，你想不想看看？不要犹豫了，赶快来个愉快的瀑布之旅吧！

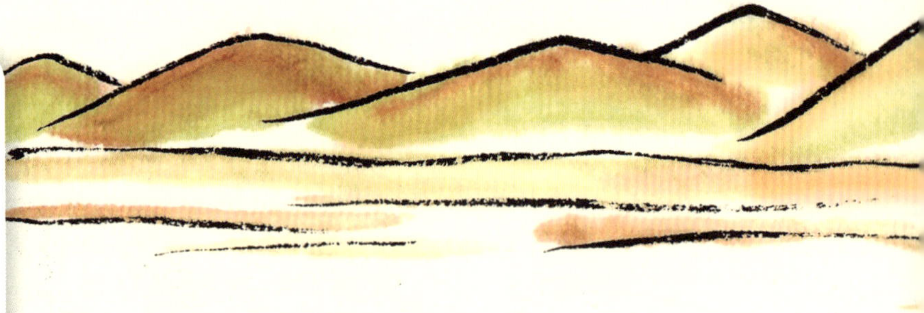

cuī hào
崔 颢

通讯录

李白

李邕

王昌龄

高适

孟浩然

基本资料

生卒年

705？—754

家乡

汴州

（今河南省开封市）

仕途

宦海浮沉，终不得志

著作

《崔颢集》

朋友圈

崔颢

来到黄鹤楼，当然要写一下传说中的仙人子安！

昔人已乘黄鹤去，此地空余黄鹤楼。

♡ 李白

李白：好诗，好诗！我去黄鹤楼时就什么也不用写了，真是“眼前有景道不得，崔颢题诗在上头”。

崔颢回复李白：李兄如此盛赞，真是受宠若惊！

七言律诗

huáng hè lóu

黄鹤楼

崔颢

扫一扫
听录音

xī rén yǐ chéng huáng hè qù　cǐ dì kōng yú huáng hè lóu

昔人[1]已乘黄鹤[2]去，此地空余黄鹤楼。

huáng hè yí qù bú fù fǎn　bái yún qiān zǎi kōng yōu yōu

黄鹤一去不复返，白云千载空悠悠！

qíng chuān lì lì hàn yáng shù　fāng cǎo qī qī yīng wǔ zhōu

晴川历历[3]汉阳树，芳草萋萋[4]鹦鹉洲。

rì mù xiāng guān hé chù shì　yān bō jiāng shàng shǐ rén chóu

日暮乡关[5]何处是？烟波江上使人愁！

诗歌翻译

传说中的仙人早已乘黄鹤飞去，
留下的只是一座空荡荡的黄鹤楼。
黄鹤飞去以后，再也没有归来，
唯有那悠悠白云仍然千古守候。
阳光下，汉江对岸汉阳的树木分明可见，
鹦鹉洲上的小草也长得十分茂盛。
时光点滴流逝，黄昏不知不觉地来临了，
到底何处才是我的家乡？极目远眺，只见烟波渺渺。
滚滚长江啊！你总让人感到无限忧愁！

① 昔人：从前的人。这里指骑鹤的仙人。② 黄鹤：一种鸟。传说古人得道成仙，会驾鹤升天而去。现实中并无黄鹤，一说黄鹤的“真身”是丹顶鹤，一说是天鹅。③ 历历：清晰分明的样子。④ 萋萋：草木茂密的样子。⑤ 乡关：家乡。

我与诗歌初相遇

传说古代曾经有一位仙人，乘着黄鹤经过这里。因为这个传说，诗人特意登上黄鹤楼。可是，当他来到时却发现黄鹤与仙人杳无踪迹，留下的只有这座千古名楼。

物是人非，在悠久的岁月里，唯有白云日复一日地飘荡于楼上。诗的前四句是诗人脱口而出的，既点出黄鹤楼的传说，也带出诗人追忆往昔、感叹今朝的情怀，感情真切，气势连贯。

登临高楼之上，诗人放眼望去，只见汉江、汉阳与鹦鹉洲的美景：亭亭玉立的翠树和郁郁葱葱的芳草。

美景如画，诗人却没有沉醉其中。美景勾起了他对故乡的思念，同时也唤起了他对落拓命运的感慨。诗人由昔日联想到当下，由景物写到心情，变化莫测，却自然流畅，全无拖沓之感。

诗歌带我游：武昌

黄鹤楼坐落在今湖北省武汉市武昌蛇山之巅。三国时期，孙权已在武昌兴筑夏口城，武昌自此成为兵家必争之地。到了近代，1911年10月10日，旨在推翻清朝统治的武昌起义在这里发生。武昌起义为辛亥革命拉开了序幕。

他写这首诗：题咏

黄鹤楼是古代名楼，历代题咏者甚多。除了崔颢，传说唐代另一位大诗人李白也曾来到黄鹤楼游览，并诗兴大发，本想写诗，但见到崔颢的《黄鹤楼》后，便说“眼前有景道不得，崔颢题诗在上头”，随即弃笔而去。

亲亲这首诗

本诗是凭吊古人、怀念故乡的名篇。诗人登临名满天下的黄鹤楼，见景生情，从昔日的神话故事联想到今日的漂泊落拓，完全是一气呵成。南宋诗论家严羽也称赞它是唐代七律诗歌第一。

我和诗歌手牵手

你知道什么是“情景交融”吗？那是抒情文的一种写作

手法。好比《黄鹤楼》这首诗，诗人本欲登楼看风景，却因看见美景，勾起对故乡的思念之情。景色和个人感情都在尾联中完美交融了。你想学习这项“绝技”吗？多提笔练习吧！

liú fāng píng

刘方平

通讯录

皇甫冉

元德秀

李颀

严武

萧颖士

刘眉

基本资料

生卒年

年龄是我的秘密～

字 / 号

刘方平就是刘方平，

只此一家！

家乡

洛阳

官职

我才不屑当官呢！

朋友圈

刘方平

是夜失眠，干脆来赏个月，写首诗好了……

更深月色半人家，北斗阑干南斗斜。

♡ 皇甫冉

皇甫冉：试过数绵羊吗？

刘方平回复皇甫冉：看你在这个时间还留言，就知道数绵羊是没用的了……

七言绝句

月夜
yuè yè

刘方平

gēng shēn yuè sè bàn rén jiā
更深[1]月色半人家[2]，

běi dǒu lán gān nán dǒu xié
北斗阑干[3]南斗斜。

jīn yè piān zhī chūn qì nuǎn
今夜偏知春气暖，

chóng shēng xīn tòu lǜ chuāng shā
虫声新透绿窗纱。

扫一扫
听录音

诗歌翻译

夜深人静，月儿照亮了半个庭院，
北斗星与南斗星横斜在天边。
今夜春风送来暖意，春天似乎已悄悄降临。
清脆的虫鸣声透过翠绿的窗纱传入屋内，
打破了深夜的静谧。

① 更深：夜深。古人将一夜分为五更，每更约两小时。② 半人家：地面上的景物一半在月色里，一半在暗影中。③ 阑干：这里指横斜的样子。

首句中的“更深”二字说明了时已深夜，而一个“半”字则凸显当夜月色朦胧。若明若暗的月亮，照亮半边寂静人家，加上南斗星、北斗星横斜天际，构成了明与暗、南与北的特殊意境。你有没有想过，为什么诗人能把一幅月夜图描绘得如此细腻？想必诗人留恋美丽的月色，大半夜没合眼，就在窗边盯着月亮看啊看，不知不觉看到了月“半”而星“斜”时分。

在冬春交替的晚上，微暖的春风、清脆的虫鸣声，惊醒了宁谧的月夜，像是告诉世人，春天正悄悄地到来。你能像诗人这般敏锐，从气候变化中捕捉春天来临的气息吗？

值得注意的是，诗人用“透”字描写虫鸣声，一下子令听觉效果立体起来，也令读者仿佛置身于万籁俱寂的月夜，隔着窗纱细听虫鸣。

诗歌带我游：南斗星

南斗星由天府、天梁、天机、天同、天相、七杀六颗星组成，是二十八星宿之一。它们位于南方，又排列成斗杓的形状，与北斗七星相似，因此古人把它们命名为“南斗”。

他写这首诗：月夜图

这首诗写的是初春月夜的所思所感，月明星稀、风暖虫鸣，交织出清新自然的意境。

原来，刘方平擅长写诗，又工于山水画，所以本诗有一种“诗中有画”的独特美感。

亲亲这首诗

诗人笔下这幅“月夜景物图”，把自己的所见、所闻、所感一一呈现出来。无论是由月色、星象还是由虫鸣而知晓春天来临，都显出诗人敏锐的观察力与细腻的心思——准确地抓住冬春之交的气候特征。

我和诗歌手牵手

你知道什么是“惊蛰”吗？它是二十四节气之一。古人说，这一天的雷声会惊醒冬眠的昆虫，告诉它们春天已经来临。

动手去查一查“惊蛰”一般在几月几日吧！

hán yù
韩愈

通讯录

柳宗元

大颠和尚

唐宪宗

孟郊

张籍

基本资料

生卒年

768—824

字／号

字退之，

自称“郡望昌黎”

家乡

河南河阳

（今河南省孟州市）

文学史地位

唐宋八大家之首

朋友圈

韩愈

心情大好，写诗一首赠张十八兄：

天街小雨润如酥，草色遥看近却无。
最是一年春好处，绝胜烟柳满皇都。

♡ 张籍，柳宗元

张籍：谢退之赠诗，春色迷人，说得我都心动了！走走走，郊游去。

柳宗元：雨天路滑，小心脚下，慎防意外。

七言绝句

zǎo chūn chéng shuǐ bù zhāng shí bā yuán wài

早春呈水部张十八员外

韩愈

扫一扫听录音

tiān jiē xiǎo yǔ rùn rú sū
天街[1]小雨润如酥[2]，
cǎo sè yáo kàn jìn què wú
草色遥看近却无。
zuì shì yì nián chūn hǎo chù
最是一年春好处，
jué shèng yān liǔ mǎn huáng dū
绝胜[3]烟柳满皇都[4]。

诗歌翻译

细密的小雨洒落在京城大道上，
轻润、细腻，就像酥油一般。
远远看去，草色仿佛连成一片；
近处观来，却是稀疏零星。
初春，正是一年之中最美的时节，
远远胜过绿柳满城的晚春。

① 天街：京城街道。② 酥：酥油。这里用来形容春雨的细腻。③ 绝胜：远远超过。④ 皇都：国家首都，这里指长安。

蒙蒙细雨飘洒在京城街道上，滋润了四周景物，远远望去一片淡绿，靠近一看却只有稀疏零星的小草——它们正在悄悄抽芽呢！

第一、二句用简单的十四字，把整条京城大街点染得如诗如画，尽显春意。诗人捕捉了初春时节大自然的微妙变化。有人认为“草色遥看近却无”一句，是千古以来写“草色”诗句之冠。可见，细腻的笔触来自细致的观察。

最后一句，诗人用“烟柳”与第二句的“草色”进行对比，凸显雾笼长安的朦胧景致，同时也描绘出早春的清雅与淡泊。

诗歌带我游：天街

天街是隋唐首都长安承天门街的别称，当时算得上是城里最宽的大街。除朝廷官员外，一般老百姓是不可以进出天街的。

他写这首诗：心态年轻

诗题中的张十八员外是韩愈的好朋友张籍，因为他在兄弟之中排行第十八，又是水部员外郎，所以有了这个称呼。

这首诗是诗人在离世前一年写成的。虽然诗人这时已年老力衰，又经历多番变故，但是他心态年轻，诗歌仍充溢着生机与希望。

亲亲这首诗

《早春呈水部张十八员外》共有两首，这是第一首。诗人以“润如酥”的小雨和依稀朦胧的草色，描绘早春的细滑润泽，准确地捕捉到这个时节的特点。

这首诗用词清雅，为读者带来一幅清淡自然的“早春美景图”。这与杜甫的“好雨知时节，当春乃发生。随风潜入夜，润物细无声”有异曲同工之妙。

我和诗歌手牵手

你喜欢下雨天吗？有没有留意过春天的雨有何独特之处？跟夏天的雨有什么区别呢？

liǔ zōng yuán

柳宗元

通讯录

韩愈

孟浩然

刘禹锡

王叔文

韦应物

基本资料

生卒年

773—819

字 / 号

字子厚

家乡

河东

（今山西省永济市）

文学史地位

唐宋八大家之一

朋友圈

柳宗元

白茫茫的雪地，最适合来个自拍！

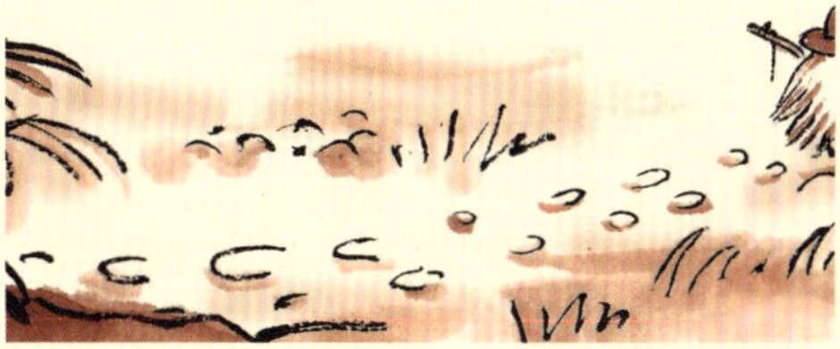

♡ 刘禹锡，蓑笠翁是也

刘禹锡：你的自拍技术也太烂了吧！完全看不见你！

蓑笠翁是也：喂喂喂，你拍到我了，快付我肖像权使用费！

五言绝句

扫一扫
听录音

jiāng xuě
江雪

柳宗元

qiān shān niǎo fēi jué
千山鸟飞绝[1]，
wàn jìng rén zōng miè
万径[2]人踪灭。
gū zhōu suō lì wēng
孤舟蓑[3]笠[4]翁，
dú diào hán jiāng xuě
独钓寒江雪。

诗歌翻译

千山万岭，不见鸟儿影踪；
重重小径，早已杳无人烟。
只有那一叶小舟上的老渔翁，
头戴斗笠，身披蓑衣，
独自在寒江之上垂钓。

① 绝：绝迹。② 径：路径。③ 蓑：蓑衣，即草织雨衣。
④ 笠：用竹篾编成的帽子。

诗题为“江雪”，因此全诗紧扣一个“雪”字展开。

第一、二句描绘了漫天风雪下的景致——飞鸟、行人都绝迹于道上。注意！诗人在这里用了一个小技巧：“千山”，意味着林木之多、鸟雀之多；“万径”，即路多地广，理应有很多行人。但是在下大雪的这一天，鸟和人都不见了，仿佛天地之间只剩下诗人。“绝”“灭”这两个词，有没有把清冷、寂静的感觉沁入你的心扉？

画面慢慢由远及近，聚焦在寒江的一叶孤舟之上。舟上只有一个头戴斗笠、身披蓑衣的渔父，不畏严寒，在白茫茫的世界中临江垂钓。这个渔父正是诗人的精神写照。第三、四句中的“孤”“独”与第一、二句中的“绝”“灭”相对应，也恰到好处地勾勒出孤绝景色中的孤傲之人。

诗歌带我游：渔父

自屈原的《渔父》问世以来，“渔父”就成为中国文学中的一个重要意象。“渔父”通达人生，无拘无束，并且坚持美好的信念，是一个世外高人。因此，后世诗人总爱以“渔父”入诗，表现自己品行高洁、与世无争。

他写这首诗：自我写照

受政治斗争牵连，诗人被贬至远离京城的永州任司马。司马不是什么高官厚职，没有具体职权，诗人的日子过得很是苦闷。但在永州生活的十年间，诗人转而在哲学、历史、文学等方面有所钻研，留下不少传世名篇。

这首诗也是诗人的传世名作之一，诗中孤独渔父的形象正是柳宗元本人的写照。

亲亲这首诗

这首诗描绘了一幅清冷的寒江雪钓图——一位孤高的老翁，不畏飞雪连天，独自在江上垂钓。诗人通过诗中画，展现了自己毅然卓立的精神面貌。

我和诗歌手牵手

你看过怎样的雪景？试着将让你印象深刻的雪景画下来吧！

苏轼

sū shì

苏轼

通讯录

苏洵

苏辙

欧阳修

曾巩

王安石

梅尧臣

基本资料

生卒年

1037—1101

字 / 号

字子瞻，

号东坡居士

家乡

眉山（今属四川省）

文学史地位

北宋文学家、书法家，

唐宋八大家之一

朋友圈

苏轼

庐山呀庐山，你到底在哪里？

♡ 王安石, 我乃庐山土地公

王安石：待我哪天和你一起登山。

我乃庐山土地公：你已经踏入我的管辖范围了，要不要看看我的真面目？

七言绝句

tí xī lín bì

题西林壁

苏轼

扫一扫
听录音

héng kàn chéng lǐng cè chéng fēng
横看[1]成岭侧成峰，
yuǎn jìn gāo dī gè bù tóng
远近高低[2]各不同。
bù shí lú shān zhēn miàn mù
不识庐山真面目[3]，
zhǐ yuán shēn zài cǐ shān zhōng
只缘[4]身在此山中。

诗歌翻译

从正面看，你是蜿蜒曲折的山岭；
从侧面看，你是巍峨壮丽的高峰。
远观、近看、俯视、仰望，
你都能呈现出不同的面貌。
庐山啊，我不知道你的真面目如何，
或者，只是因为——我就在其中。

① 横看：从正面看。② 远近高低：由远处、近处、高处、低处各个角度看庐山。③ 真面目：庐山的整体面貌。④ 缘：因为。

走近庐山，诗人只感到目不暇接。从正面、侧面看，庐山都能呈现不同的姿态。移步换景，诗人从远、近、高、低四个角度欣赏，更觉得它千娇百媚。

庐山既高又大，人们走到山中，只能看到山的一部分，就好像管中窥豹（从竹管的小孔里看豹子身上的斑纹），充其量只能看见豹子身上的一块斑纹。七言绝句讲求言简意赅，诗人用一半的篇幅描述庐山的高深莫测。显然，诗人是要读者通过文字感受庐山的千姿百态。

庐山变幻莫测，诗人都眩晕了。当局者迷，但只要走远一点儿看，庐山不也就这样吗？正如诗人怀着沉重的心情来到庐山，也许只是因为他过于执着。只要看开一点儿，说不定就会“柳暗花明又一村”。你有为一些事闷闷不乐过吗？有时，事情并不如我们想象得那样严重，如果放下己见，客观分析，或许会有另一番体会。

诗歌带我游：庐山

庐山位于江西省九江市南郊，是联合国教科文组织评定的文化遗产。庐山是一座拥有深厚文化底蕴的名山，不少文人雅士都曾在此留下诗歌。例如，李白就写过一首《望庐山瀑布》。

他写这首诗：游览感悟

元丰二年（1079），苏轼被贬黄州，后改贬汝州。途中，他趁机游览了庐山，并留下了七首诗歌。《题西林壁》是其中一首，诗人通过总写庐山全貌，描画它的千姿百态。

亲亲这首诗

这首诗虽然以庐山为主题，但诗人却虚写庐山，只谈游山感受和山的千姿百态，并没有描写庐山实景。然而，这并不是说诗人不了解庐山。相反，从诗歌脍炙人口的最后两句，我们就可以看出诗人对庐山的认识是深刻的，他显然能从客观、全面的视角，真实地感知庐山的“真面目”。

我和诗歌手牵手

你知道“横看成岭侧成峰，远近高低各不同”是用了哪种景物描写手法吗？对，就是**多角度描写**！

何谓多角度描写？从不同角度，如仰望、俯瞰、平视、远眺和近看等，描写景物，展示其不同的姿态，就是多角度描写。

sū shì

苏轼

通讯录

苏洵

苏辙

欧阳修

曾巩

王安石

梅尧臣

基本资料

生卒年

1037—1101

字 / 号

字子瞻，

号东坡居士

家乡

眉山（今属四川省）

文学史地位

北宋文学家、书法家，

唐宋八大家之一

朋友圈

苏轼

感谢邀请，为宋初名画家 @惠崇 的画题诗，合作愉快！惠崇大师的画真是画得很好，大家快点来看！

♡ 曾巩, 苏辙

曾巩：又在打广告了，看在是好作品的分上，这次就饶过你！

苏辙：惠崇大师泉下有知，也会非常感激你慷慨题诗呢！

七言绝句

惠崇春江晚景
huì chóng chūn jiāng wǎn jǐng

苏轼

扫一扫
听录音

zhú wài táo huā sān liǎng zhī
竹外桃花三两枝，
chūn jiāng shuǐ nuǎn yā xiān zhī
春江水暖鸭先知。
lóu hāo mǎn dì lú yá duǎn
蒌蒿[1]满地芦芽[2]短，
zhèng shì hé tún yù shàng shí
正是河豚欲上[3]时。

诗歌翻译

翠绿的竹林外，有几枝桃花绽放着，
江上有几只鸭子在游泳，
像是在告诉人们江水已变暖。
岸边蒌蒿遍地生长，芦苇抽出幼芽来，
这正是河豚逆流而上的时候。

① 蒌蒿：一种茎叶可以食用的植物。② 芦芽：芦苇的嫩芽。
③ 欲上：将要逆流而上。

这是一首题画诗，即通过文字表现画面。

前三句描写了画中的六种景物：岸上的竹林和桃花、江水和水中的鸭子、近岸的蒌蒿和芦苇。从中，我们能大概了解画面的构图。而这些景物组合，唯在春天可见。

但身为大文学家，苏轼除了描述画面之外，还借文字加入画外之意。他用了“暖”“满地”和“芽短”分别形容江水、蒌蒿和芦苇，令初春的意境更为突出。此外，小鸭戏水畅游的画面，又令诗人生出“水暖鸭先知”的联想，写出单凭画笔无法表达的感觉。

最后一句实际上没有在画作上呈现出来，而是诗人从画中景物领悟得来的：河豚喜欢吃蒌蒿、芦苇，而且又会在春天的时候逆流而上，从海洋进入长江下游产卵，所以江水中应当有河豚游泳。

诗歌带我游：河豚

河豚，本称河鲀，别名腊头。当它遇到危险时，就会鼓胀身体，变成球状浮上水面，同时皮肤上的小刺也会竖起保护自己。河豚十分美味，但因为它体内器官藏有毒素，所以纵然美味，一般人也不敢食用。

他写这首诗：题画诗

这首诗的描写对象是宋代僧人惠崇的画作《春江晚景》。此画作原来一共有两幅：一幅是鸭戏图，另一幅是飞雁图，均已失传。现在，我们只能通过苏轼的这首题画诗，感受惠崇笔下的初春景致。

亲亲这首诗

一首好的题画诗，除了紧扣画题外，还能提升画意，并且单独作为一首诗来评赏也毫不逊色。苏轼的这首诗正为我们提供了极佳示范。

《春江晚景》是一幅以江中几只鸭子戏水为题的画作。诗人通过文字把画中的形象与意境很好地表现出来。

我和诗歌手牵手

你印象中的春天是怎样的？有没有鲜红的花？有没有嫩绿的小草？试着把春天画下来吧！

yáng wàn lǐ

杨万里

通讯录

高守道

王庭珪

刘才邵

张九成

张浚

胡铨

基本资料

生卒年

1127—1206

字 / 号

字廷秀，

号诚斋

家乡

吉州吉水

（今属江西省）

身份

与陆游、尤袤、范成大并称为“中兴四大诗人”

朋友圈

杨万里

究竟是菜花变成了黄蝶，还是黄蝶变成了菜花？

♡ 丘崈, 尤袤

丘崈：杨兄此言甚有庄子的感觉！

尤袤：真不愧为多产诗人，信手拈来，又成了一首好诗！

七言绝句

sù xīn shì xú gōng diàn
宿新市徐公店

杨万里

扫一扫
听录音

lí luò shū shū yí jìng shēn
篱[1]落疏疏[2]一径深，

shù tóu huā luò wèi chéng yīn
树头花落未成阴[3]。

ér tóng jí zǒu zhuī huáng dié
儿童急走追黄蝶，

fēi rù cài huā wú chù xún
飞入菜花无处寻。

诗歌翻译

篱笆疏疏落落，
旁边有一条通向远方的幽深小径。
花儿刚从枝头凋落，
新叶还没长成树荫。
孩子们追捕着那翩翩飞舞的黄色蝴蝶，
然而，蝴蝶飞入黄色菜花丛后，
就不见了踪影。

① 篱：篱笆。② 疏疏：稀疏。③ 阴：树荫。

诗歌的前两句笔触轻淡、层次分明地把春季的风景勾勒出来：篱笆错落有致，旁边是一条通往远处的幽深小径。小径旁边长满了不同的树木，可是因为花期已过，枝头上的花儿都落下来了。留下来的，只是一片初发的绿叶，还未成荫。

这景色，有远有近，有高有低，你能一一指出来吗？

诗歌的后两句，诗人由静生动，把焦点放在一群天真烂漫的孩子身上。他们在这片暖和的土地上，跟随着黄蝶翩翩起舞，不知不觉间，就扑入了金灿灿的菜花田中——咦，蝴蝶怎么不见了？原来，菜花田一片金黄，菜花在风中微微摇曳，仿佛千万只黄蝶在飞舞。真假黄蝶混在一起，让孩子们一时之间无法分辨。

诗歌带我游：蝴蝶

蝴蝶是一种常于日间飞行的昆虫，种类很多，全球有记录的蝴蝶约有16000种。

美丽的蝴蝶也吸引了中国历代文人的目光。《庄子・齐物论》中记载了“庄周梦蝶”的故事，体现了道家思想。由此，蝴蝶也慢慢成为中国文人心中自由的象征。

他写这首诗：乡村生活

杨万里是南宋著名诗人，是“南宋四大家”之一。他的作品大多描写自然景物，平淡清新却不失理趣。这首诗抓住乡村日常生活点滴，把“春日乡间，孩童扑蝶”的画面写得活灵活现。

亲亲这首诗

诗人擅长以小见大，把生活中常见的事物提炼成诗歌主题，从平凡中发现不平凡。

《宿新市徐公店》本来是写乡村儿童扑蝶玩耍的情景，但在诗人笔下，却摇身一变，成为一篇清新隽永、活泼灵动的作品。

我和诗歌手牵手

诗人说蝴蝶飞入菜花丛中，就不见了踪影。每年三四月份是欣赏油菜花的最佳时期，如果你感兴趣，可以和爸爸妈妈一起去油菜花海看一看。

wáng zhī huàn

王之涣

基本资料

生卒年

688—742

字 / 号

字季凌

家乡

并州晋阳

（今山西省太原市）

代表作

《登鹳雀楼》

《凉州词》

通讯录

李白

王昌龄

岑参

钱起

高适

卢象

朋友圈

王之涣

@高适 @王昌龄 我们来比赛！看歌女唱谁的诗最多，就说明谁的诗最受欢迎！

♡ 王昌龄, 高适

王昌龄：头两首都是我的诗，嘿嘿……

高适：现在她在唱我的诗呢！哈哈！

王之涣：太过分了！如果这位漂亮的歌女不唱我的诗，那我就终生不再写诗！

七言绝句

liáng zhōu cí

凉州词

王之涣

扫一扫
听录音

huáng hé yuǎn shàng bái yún jiān
黄河远上白云间，
yí piàn gū chéng wàn rèn shān
一片孤城万仞[1]山。
qiāng dí hé xū yuàn yáng liǔ
羌笛[2]何须怨杨柳[3]？
chūn fēng bú dù yù mén guān
春风不度玉门关。

诗歌翻译

放眼远望，黄河渐行渐远，
好像奔流在白云中间。
玉门关孤独地耸峙在万丈高山中，
显得孤峭冷寂。
将士们何必吹响羌笛，
去追忆亲人当日的折柳送别？
春风根本吹不到玉门关。

① 仞：古代长度单位。这里形容极高。② 羌笛：古代西域的一种乐器，为直吹管乐器，通常有三孔，汉时从丝绸之路传入中原。③ 杨柳：生长在河边和湖边的杨树和柳树。

你有没有看过有关中国大西北的纪录片？那种“天苍苍，野茫茫”的塞外风光会让你产生什么样的联想呢？

诗的前两句由近到远描写塞外风光，一望无际，既开阔又苍凉：绵延千里的黄河仿佛由下而上，快要流到天上去，和云端相接；黄土广阔无边，山峦高耸入云，天地间只留下一座孤城。

这个地方，地势真险，意境真悲壮！

前两句带出边疆的苍凉，第三句则转向写情。

听！耳畔传来戍边将士哀怨的羌笛声。他们在追忆离家时亲人折柳送别的场景，同时也埋怨塞外的荒凉。将士们为什么会有怨言呢？诗人在末句说：春风根本就吹不到玉门关。“春风不度”表达了诗人的同情——边塞景象如此荒凉，既是因为无可奈何的自然环境，也是因为朝廷对将士们的关注不够。

诗歌带我游：玉门关

玉门关始建于汉武帝开通西域道路、设置河西四郡的时候，因西域输入玉石时取道于此而得名。在汉代，玉门关是通往西域各地的门户，也是重要的屯兵之地，在交通和军事上占有重要地位。

他写这首诗：苍凉

王之涣写戍边将士的思乡之情，写得苍凉慷慨，悲而不失其壮，怨而不失其昂。诗人虽渲染戍边将士不能返回家乡的苍凉和哀怨，但丝毫没有颓丧、消沉的情调。这充分表现出诗人豁达广阔的胸怀和意气风发的气概。

亲亲这首诗

这首诗由写景到写情，短短两句，气势磅礴，开阔无边。“黄河远上白云间”，可想而知黄河是多么壮丽！诗人将“万仞山”与“孤城”进行对比，更显得塞外高阔苍凉，在这里守边的将士也更为可怜了。

可怜的将士们寂寞思乡，怨声通过羌笛传来，诗人只能好言相劝。“春风不度玉门关”中的“春风”一语双关，既是说边关荒凉，春风不至，又暗寓君恩不到。可见，“春风”一词寄托了诗人复杂的感情：慰藉、感慨、同情。

这首诗情调悲壮，境界开阔，脍炙人口，更有人将它视作唐代绝句压卷之作。

我和诗歌手牵手

古人在送别时，以柳表“留”，折柳一枝相送，代表不忍分别，不会忘记。今天如果你的好朋友将告别远去，你会送什么礼物给他/她以表达思念之情呢？

dù fǔ

杜甫

通讯录

李白

岑参

王维

崔项

邻居老王

高适

基本资料

生卒年

712—770

字 / 号

字子美，

号少陵野老

文学史地位

唐代伟大的现实主义诗人，与李白齐名，被誉为“诗圣”。其作品深刻反映唐朝由盛转衰的历史过程和社会面貌，被称为“诗史”

朋友圈

杜甫

一行白鹭上青天天天天天天天天！！！！！

♡ 高适, 邻居甲, 李白

高适：........................

邻居老王：这是喝醉了？

李白：风景醉人，风景醉人啊！

七言绝句

jué jù
绝 句

扫一扫
听录音

杜 甫

liǎng gè huáng lí míng cuì liǔ
两个黄鹂鸣翠柳，
yì háng bái lù shàng qīng tiān
一行白鹭上青天。
chuāng hán xī lǐng qiān qiū xuě
窗含西岭[1]千秋雪[2]，
mén bó dōng wú wàn lǐ chuán
门泊东吴万里船[3]。

诗歌翻译

两只黄莺在翠绿的柳树间婉转地歌唱，
一队白鹭直冲向蔚蓝的天空。
我坐在窗前，
望见西岭上堆积着终年不化的雪，
门前停泊着从遥远的东吴开来的船只。

[1] 西岭：四川岷山，坐落在成都的西边，所以称为西岭。[2] 千秋雪：岷山因为海拔很高，所以终年积雪。千秋即千年，年代久远的意思。[3] 万里船：不远万里开来的船只。

第一句中的“翠”指新绿，是初春时节万物复苏、萌发生机时的颜色。黄莺在柳树上鸣叫，画面静中有动。第二句写白鹭在蔚蓝的天际飞翔，自由舒展。黄莺柳上鸣，白鹭天上飞，空间由窄到阔，由下而上，由近而远。“两个”和“一行”相对，一横一纵，又显出早春的勃勃生机。

第三句写诗人凭窗远眺西岭，西岭上的积雪终年不化，所以积聚了“千秋雪”。而雪山只有在空气清澄的晴天才清晰可见，诗人用一个“含”字，使此景如同一幅嵌在窗框中的画，近在眼前。观赏到如此美景，诗人的心情自然是愉悦的。末句写从门外可以看到停在江岸边的船只。船来自东吴，代表战乱平定，交通恢复，诗人睹物生情，思念故乡。一个“泊”字，表达了诗人多年漂泊不定的无奈。

诗歌带我游：东吴

诗中的东吴泛指三国时期吴国的属地，大约相当于今江苏、浙江、安徽南部地区。

东吴（229—280），又称孙吴或吴国，三国之一，是孙权在东南部建立的政权，国号为“吴”。当时，吴与魏、蜀呈鼎立之势，所统治地区又居于三国之东，所以称东吴。

他写这首诗：生机勃勃

杜甫在成都草堂写成这诗。当时唐朝的叛乱暂时得以平定，面对这一派生机勃勃的景象，诗人心情颇佳，写下这首即景小诗。

诗歌笔墨轻快、生动，描绘草堂周围明媚秀丽的春天景色，营造出一种清新和轻松的氛围，既可见大自然的生机盎然，也可以感受到诗人闲适的心情。

亲亲这首诗

这首诗一句写一道风景，是四幅独立的图画，却又融为一体——把它们联结起来的正是诗人的思绪。诗人通过对自然景象的描写，串起又喜又忧的复杂感情。从表面上来看，诗中呈现生机盎然的景象，但这些景象却寄托着诗人对家乡的思念之情。

此外，这首诗对仗极为工整：前两句中“两个”对“一行”，“黄鹂”对“白鹭”，“鸣”对“上”，“翠柳”对“青天”；后两句中“窗”对“门”，“含”对“泊”，“西岭”对“东吴”，“千秋雪”对“万里船”。

我和诗歌手牵手

试想：今天是考试结束的一天，你会觉得放学路上所见景物跟平时有所不同吗？

zhāng jì

张继

通讯录

皇甫冉

刘长卿

秦系

严维

章八元

韦应物

基本资料

生卒年

来猜来猜哟～

字 / 号

字懿孙

家乡

襄州

（今湖北省襄阳市）

官职（部分）

唐天宝十二年（753）考中进士，做过一些小官，官至盐铁判官

朋友圈

张继

当当当当当当当，夜半钟声到客船。

大家一起来听“无常钟”吧～

♡ 皇甫冉，刘长卿

皇甫冉：午夜凶铃呀！救命呀！

刘长卿：这个故事给人的教训是半夜不要上社交媒体！

七言绝句

fēng qiáo yè bó
枫桥夜泊

张继

扫一扫
听录音

yuè luò wū tí shuāng mǎn tiān
月落乌啼霜满天，

jiāng fēng yú huǒ duì chóu mián
江枫渔火对愁眠。

gū sū chéng wài hán shān sì
姑苏[1]城外寒山寺，

yè bàn zhōng shēng dào kè chuán
夜半钟声[2]到客船。

诗歌翻译

月亮落下了，
乌鸦的啼叫让天空充满了寒气，
我看着江边枫树和渔舟的灯火，
怀着乡愁而眠。
姑苏城外那寂寞清静的寒山古寺，
半夜里敲钟的声音传到了我这游子的船上。

[1] 姑苏：苏州的别称，因城西南有姑苏山而得名。[2] 夜半钟声：旧时寺庙有半夜敲钟的习惯，也叫“无常钟”或“分夜钟”。

你有过整夜都在想事情而不能入睡的经历吗？那时你的心情是怎样的？

诗人在第一句写下了三个景象："月落""乌啼""霜满天"。半夜时月亮渐沉，乌鸦发出几声啼鸣，整个天空只剩下一片灰蒙蒙的光影。仅七字就写出了幽暗静谧环境中的寒意。第二句是诗人看到江边被风吹得飒飒作响的枫树和江中星星点点的渔火，两者一静一动，一暗一明。这时，诗人才点出舟上游子面对霜夜、江枫、渔火时的轻愁。

诗人在后两句只写了一件事：听山寺夜钟。

在暗夜中，四野寂静，人对声音更为敏感。静夜钟声，给人的感受又特别强烈。"夜半钟声"不在响而在静——只有在极静的环境中，钟声才显得更为响亮，这种响亮又衬托出深夜的寂寥，触动了游子心中的愁绪，种种感受尽在不言中。

诗歌带我游：寒山寺

在今苏州市姑苏区，始建于南朝梁天监年间。寒山寺本名妙利普明塔院，又名枫桥寺，后改称寒山寺。它改名字的原因有两种说法：一说是因唐代两名僧人寒山和拾得曾住此而得名，两人行迹怪诞，相传是菩萨的化身；另一说是“寒山”泛指肃寒之山，非寺名。

他写这首诗：愁

张继在安史之乱前一年考取了进士，安史之乱后，不少文人去了江南，其中也包括张继。

一个秋天的夜晚，诗人泊舟于苏州城外。江南秋夜的美景吸引了这位怀着乡愁的游子，远处传来的钟声让他感受到了宁静的美，于是写下了这首小诗。

亲亲这首诗

这首诗从写景到写情，再回到写景，以一“愁”字串起全诗。诗里意象丰富：落月、啼鸟、满天霜、江枫、渔火、不眠人、城、寺、船、钟声，如同一幅美丽且有声音的画作。舟中人的心情与舟外景物相契合，声色俱备，情景交融。

我和诗歌手牵手

你试过一个人在宁静的环境中听落叶的声音吗？你会联想到什么？

wéi yīng wù

韦应物

通讯录

黎干

元苹

韦庆复

韦銮

基本资料

生卒年

737?—792?

字 / 号

字义博

偶像

陶渊明

官职（部分）

唐玄宗的侍卫，

滁州刺史，苏州刺史

朋友圈

韦应物

雨后外出看风景，有草有涧有鸟有树，一乐也！

元苹, 韦庆复

元苹：郎君，你出门要小心，不要淋雨生病了！

韦庆复回复元苹：父亲大人现在肯定是诗兴大发了，我们就不要打扰他了吧！

七言绝句

滁州西涧[1]

chú zhōu xī jiàn

韦应物

扫一扫 听录音

dú lián yōu cǎo jiàn biān shēng
独怜[2]幽草涧边生，
shàng yǒu huáng lí shēn shù míng
上有黄鹂深树鸣。
chūn cháo dài yǔ wǎn lái jí
春潮[3]带雨晚来急，
yě dù wú rén zhōu zì héng
野渡[4]无人舟自横。

诗歌翻译

我特别喜爱那生长在涧边的幽幽野草，
还有那树林深处婉转啼唱的黄莺。
春潮不断上涨，还夹带着密密细雨，
郊野渡口渺无人烟，
只有一只小船悠闲地横在水面上。

① 西涧：在滁州城西，俗称上马河。② 独怜：特别喜爱。
③ 春潮：春天的潮水。④ 野渡：郊野的渡口。

大自然的景物有动有静。诗人在前两句告诉我们：他既喜欢大自然的静，如生长在涧边的幽草；也喜欢大自然的动，如在树林深处啼鸣的黄莺。

春天来了，诗人走到涧边，只见一片幽幽青草。一般人都喜爱娇艳的百花，诗人却特别喜爱青草—— 青草含蓄自然，与诗人好静的性格相合。莺啼婉转，似乎打破了刚才的幽静。不过，从诗人笔下的这幅动静皆宜、色彩和音乐相交织的景致中，可见他心情放松，怡然自得。

傍晚时分，春潮上涨，春雨淅沥，西涧水势显得湍急。郊野的渡口本来就荒凉，这时候更难觅人踪，只有小舟随波纵横。诗人用“急”字写潮和雨的动态，以“无人”点出渡口的“野”，强化了春雨过后渡口的荒凉。难得诗人毫无悲凉的感觉，他以小舟自喻，一个“自”字，将自己悠闲自得的心情表露无遗。

诗歌带我游：滁州

滁州，简称滁，位于安徽省东部，是江淮地区重要的交通枢纽城市。滁州在隋代正式设立，至今已有近1500年，兴废交替，但滁州之名，在唐、宋、元、明、清这几个一统朝代却少有更改。

他写这首诗：闲

这首诗是韦应物任滁州刺史时所作，他闲时常在郊外散步，西涧便是他经常漫步的地方。诗人喜爱西涧春天舒展的景色，在一次游览完傍晚时雨中西涧后，写下这首闲适自在的小诗。

亲亲这首诗

这是一首写景的小诗，表露了诗人恬淡自得的情怀。

诗歌前两句写春天的闲淡宁静，有静的幽草，有动的黄莺，诗句平易、明快，却把眼前的春景如画一般地呈现出来。这两句与下文形成反衬——春雨急来，诗人内心仍然平静。

风雨来袭，系在野渡的小舟被吹得纵横荡漾，明明是一片凌乱荒凉之景，在诗人笔下却另有一番自然之美。能有这种效果，正是诗人把客观景物和主观情感融为一体，反映了他随缘自适、悠然自得的心境。

这首诗写得脱俗、隽永，是韦应物的山水诗代表作之一。

我和诗歌手牵手

假设你在公园散步，突然下起雨来，你只好躲在小亭中避雨，这一刻你最想做什么？

刘禹锡

liú yǔ xī

通讯录

柳宗元

白居易

韦应物

韩愈

王叔文

裴度

基本资料

生卒年

772—842

字 / 号

字梦得

家乡

洛阳

（今属河南省）

身份

有“诗豪”之称，

与白居易、柳宗元齐名

朋友圈

刘禹锡

大家知道乌衣巷名字的由来吗？等我来说说！话说三国时期，这里是吴国守卫金陵军队的驻扎营地，因为士兵都穿着乌衣，所以就被命名为乌衣巷了～

还有另一个说法，先卖个关子！

【“金陵五题”系列之二——乌衣巷】

♡ 白居易

白居易：我知道，我知道！听说是晋室南渡后，王导、谢安两大名门望族在此定居，其子弟都穿乌衣，所以这个地方叫作乌衣巷。

刘禹锡回复白居易：白兄啊～～～你这样做，我的关子都卖不出去了。

七言绝句

wū yī xiàng
乌衣巷

刘禹锡

zhū què qiáo biān yě cǎo huā
朱雀桥边野草花[1]，
wū yī xiàng kǒu xī yáng xié
乌衣巷口夕阳斜。
jiù shí wáng xiè táng qián yàn
旧时王谢[2]堂前燕，
fēi rù xún cháng bǎi xìng jiā
飞入寻常[3]百姓家。

扫一扫
听录音

诗歌翻译

朱雀桥边的野草开花了，
在乌衣巷口只能看到夕阳斜挂。
当年王导、谢安家屋檐下的燕子，
如今已飞进普通百姓家中。

1 野草花：野草开花。花，这里作动词用。2 王谢：东晋王导、谢安两大家族。3 寻常：平常，普通。

东晋时，朱雀桥曾是车马来往的交通要道，如今却只见野草遍生。乌衣巷曾是开国元勋王导和指挥淝水之战的谢安及其族人的居所，非常气派，如今在一抹夕阳残照下，唯见破落。

第一句以一个“野”字形容桥边的花草，增添了荒凉沧桑之感。

第二句呈现斜阳残照下的乌衣巷，“夕阳”既是真实的落日，也比喻乌衣巷日薄西山的惨淡。

有限的笔墨间，诗人不写昔日繁华，只写当下萧条，让读者发出今非昔比之叹。

接下来，诗人挑选了更具体、更细微的物象——燕子——进行深入的描绘。

在诗人的想象中，燕子早在五百年前已在王、谢两家筑巢，它们能看到世事沧桑、盛衰变化。“旧时”的燕子是历史见证者；“寻常”则强调今天住户的普通。

诗歌带我游：乌衣巷和朱雀桥

乌衣巷，在金陵（今南京）秦淮河南面。入唐后，乌衣巷沦为废墟。

关于朱雀桥的位置有两种说法：一说在乌衣巷旁的朱雀门外，在当时是车马来往的交通要道；另一说在乌衣巷内。

他写这首诗：沧桑

刘禹锡在途经金陵时，写了一组咏怀古迹的诗篇，总名为《金陵五题》，《乌衣巷》是第二首。乌衣巷从前是六朝大族居住的地方，一片繁华，如今却只剩下破败和凋零。古今对比，诗人怎会不发出沧海桑田的感叹？

亲亲这首诗

这是一首怀古诗，诗人先写眼前景物，以鲜明的今昔对比带出古今盛衰之变。同时，诗人以小见大，通过燕栖旧巢的想象，感慨人生多变，抒写世事兴亡。

我和诗歌手牵手

你游览过哪些古建筑群？你看到这些宏伟的建筑时，会联想到什么？

dù mù
杜牧

李商隐

李德裕

崔郸

牛僧孺

周墀

张好好

基本资料

生卒年

803—852

字 / 号

字牧之，

号樊川居士

家乡

京兆万年

（今陕西省西安市）

官职（部分）

弘文馆校书郎、

黄州刺史

朋友圈

杜牧

虽然没有人陪她玩，但是一个人也可以玩得很高兴呢！

♡ 李商隐, 萤火虫

李商隐：我可以陪她玩！

萤火虫：由本虫担任陪玩的工作就可以了，两位还是专心写诗吧。

七言绝句

秋夕
qiū xī

杜牧

扫一扫
听录音

yín zhú qiū guāng lěng huà píng
银烛[1]秋光[2]冷[3]画屏[4]，

qīng luó xiǎo shàn pū liú yíng
轻罗[5]小扇扑流萤[6]。

tiān jiē yè sè liáng rú shuǐ
天阶[7]夜色凉如水，

wò kàn qiān niú zhī nǚ xīng
卧看牵牛织女星[8]。

诗歌翻译

秋夜里，烛光映照着画屏，
姑娘手执罗扇扑打萤火虫。
夜色渐深，露天的石阶如水一般清凉，
她侧卧在石阶上，仰头看那天空中的牵牛星和织女星。

① 银烛：白色的蜡烛。② 秋光：秋夜的烛光。③ 冷：用作动词，烛光暗淡地照着。④ 画屏：绘有彩色图案的屏风。⑤ 轻罗：轻薄的丝织品。罗，丝织品的一种。⑥ 流萤：飞来飞去的萤火虫。⑦ 天阶：露天的台阶。⑧ 牵牛织女星：牵牛星和织女星。牵牛星又称牛郎星。

这首诗把秋色写得自然含蓄，如在眼前。

第一句写景。在秋天的晚上，银白色的蜡烛发出微弱的光，给屏风上的图画添了几分幽冷的色调。一个“冷”字，把室内光线幽暗、四周朦朦胧胧的气氛渲染出来。

第二句写人。诗人没有指出写的是谁，但我们从那人以小扇扑萤火虫的行为，可推断她是一个天真可爱的少女。简单一句，就把少女写得顽皮可爱。

第三句又回到写景，诗人用“凉如水”三个字概括了夏秋之际晚凉的天气。夜晚寒意袭人，少女本该进屋休息，但追扑了一阵，她累了，便躺在台阶上看星星。这时候，她见到的是牛郎星和织女星。诗人把意境扩大，将读者引到牛郎、织女的故事上去，带出这秋夜里的惬意之情。

诗歌带我游：牛郎和织女

牛郎和织女是两个星座的名字，它们之间隔着一条银河，牛郎星在西，织女星在东。

相传织女是天帝的孙女，她能织出云霞般的锦缎，手艺闻名天界。有一次，织女到凡间游玩，遇到心地善良的牛郎，两人十分投缘，就结婚了。王母娘娘知道此事后非常生气，召织女立刻回天宫。

织女伤心地离去，牛郎带着儿女紧紧追来，眼看就要追上了，王母娘娘拔下头上银簪扔在两人中间，银簪变成了一条银河，分开了牛郎和织女。但王母娘娘也被两人的真情感动，答应他们可在每年农历七月初七——七夕——渡过银河相会。

他写这首诗：少女心事

这首诗写一个少女在秋夜扑萤观星的情景。历来也有人说诗中少女是一位宫女，这首诗是诗人代入她的处境与口吻写的“宫怨诗”。

亲亲这首诗

这首诗全篇人景交融，形象鲜明。诗人写秋天冷而不寒，色淡清雅；写少女于秋夜扑捉萤火虫，不知疲倦，衬出她的自得其乐。天阶虽凉如水，却未阻少女观星的兴致。最后，诗人把想象推向神话中的牛郎、织女，更见少女的天真可爱。

我和诗歌手牵手

你知道牛郎星和织女星在哪里吗？夏季是观赏牛郎星和织女星的最佳季节，仰望星空，耀眼的“牛郎”和“织女”分立于银河两岸，隔“河”相望。在夏天的晴日夜晚，试着找一找这两颗星吧！

yáng wàn lǐ

杨万里

通讯录

高守道

王庭珪

刘才邵

张九成

张浚

胡铨

基本资料

生卒年

1127—1206

字 / 号

字廷秀，

号诚斋

家乡

吉州吉水

（今属江西省）

身份

与陆游、尤袤、范成大并称为“中兴四大诗人”

朋友圈

杨万里

送别纵使感伤，不过见到美景，还是想和你分享一下呢！

♡ 林子方, 王庭珪

林子方: 因为我走了你才得以看到这美景呀！有股淡淡的忧伤……

王庭珪: 真相总是残酷的……不要再说了……

七言绝句

xiǎo chū jìng cí sì sòng lín zǐ fāng

晓出净慈寺送林子方

杨万里

bì jìng xī hú liù yuè zhōng
毕竟[1]西湖六月中，

fēng guāng bù yǔ sì shí tóng
风光不与四时[2]同。

jiē tiān lián yè wú qióng bì
接天莲叶[3]无穷碧[4]，

yìng rì hé huā bié yàng hóng
映日荷花别样红[5]。

扫一扫
听录音

诗歌翻译

到底是西湖六月天的景色，
风光与其他季节确实不同。
荷叶连接在一起，一片碧绿，一望无尽。
在太阳的映照下，荷花显得分外鲜红艳丽。

① 毕竟：到底。② 四时：春、夏、秋、冬四季。此处泛指夏季以外的其他季节。③ 接天莲叶：形容荷叶一望无际，好像与天相接。④ 无穷碧：荷叶一片碧绿，望不到尽头。⑤ 别样红：特别红。

第一句点明了送别的时间和地点：六月的西湖边。诗人用“毕竟”二字起首，先声夺人，突出了六月西湖风光的非同一般，给人以丰富美好的想象。第二句用直白的口吻指出六月的西湖与春天、秋天和冬天时的西湖有着不同的风景，是美不胜收的。

诗人把六月西湖吹捧一番，读者看到这里，好奇心应该都被激发出来了——六月的西湖，到底美在哪里呢？

诗人在第三、四句用强烈的色彩对比，描绘出西湖美艳夺目的风景，揭开了六月西湖之美的谜底。

看那湖面！荷叶之多，一望无际，好像与天相接。在这一片碧绿的背景上，又有阳光映照下的朵朵荷花，红得那么娇艳、明丽。这美景不仅春、秋、冬三季看不到，就是夏季，也只在六月荷花盛放的时候才得一见。诗人抓住了盛夏的景物，准确地写出西湖特定时节的特色风光。

诗歌带我游：净慈寺

净慈寺位于杭州西湖南岸，在雷峰塔对面，是西湖历史上四大古刹之一。净慈寺始建于后周显德元年（954），后屡毁屡建，现在的寺宇、山门、钟楼等都是20世纪80年代重建的。

他写这首诗：眷恋

杨万里是林子方的上级兼好友，两人经常商谈国是，切磋文艺，志同道合，成为知己。后来，林子方被调到福州任职，杨万里送林子方时，经过西湖，被其景色吸引，写下此诗。全诗通过对西湖美景的赞美，表达对友人的眷恋。

亲亲这首诗

杨万里写诗以白描见长，这首诗虚实相生，相得益彰：前两句是虚写，指出六月西湖的美；后两句是实写，展示具体形象。

诗人为我们描绘出一幅极其明丽的图画：满湖碧绿的荷叶，一直铺到水天相接的远方；鲜嫩的荷花，在阳光的映照下，色泽格外艳丽，显得特别娇美动人。一绿一红，诗人在这样的美景下送别友人，既掩盖了离别之苦，又反映彼此的眷恋之浓。除诗题外，全诗无一字写送别，却见诗人内心的波动。

我和诗歌手牵手

你见过大片大片的荷叶荷花吗？可以跟你的爸爸妈妈一起寻找一个夏日赏荷的好去处喔！

朱熹（zhū xī）

通讯录

石子重

刘子羽

林择之

范念德

吕祖谦

李侗

基本资料

生卒年

1130—1200

字 / 号

字元晦，又字仲晦

号晦庵

家乡

徽州婺源

（今属江西省）

身份

南宋理学家，被尊称为“朱子”，理学思想影响后世

朋友圈

朱熹

春日的泗水，不得了！

点击阅读新作《春日》

♡ 石子重，范念德，吕祖谦

石子重：泗水曾是孔子传道授业解惑的地方？

范念德：难得朱兄能把情理融合得毫无痕迹，佩服佩服！

吕祖谦：一个字——“绝”！

七言绝句

chūn rì
春日

朱熹

shèng rì xún fāng sì shuǐ bīn
胜日[1]寻芳[2]泗水滨[3]，
wú biān guāng jǐng yì shí xīn
无边光景[4]一时新。
děng xián shí dé dōng fēng miàn
等闲[5]识得[6]东风面[7]，
wàn zǐ qiān hóng zǒng shì chūn
万紫千红总是春。

扫一扫
听录音

诗歌翻译

在风和日丽的日子，
我们到泗水河边踏青，
那无边无际的风光真是焕然一新。
谁都可以看出春风的面貌，
它一吹，百花瞬间万紫千红，
到处都是春天的景致。

1 胜日：春光明媚的日子。2 寻芳：春游赏花，踏青。3 滨：河边。4 光景：风光。5 等闲：平常，轻易。6 识得：看到，感觉到。7 东风面：春风的面貌。

第一句以“胜日”指明天气，以“泗水滨”指明地点。既然选择在春光明媚、天朗气清的时节出游，“寻芳”必然是诗的主题——诗的后三句都是在写“寻芳”所见所得。

第二句写观赏春景的初步印象：视线是“无边”的，看得多，看得阔，心中自然生出舒畅之感。一个“新”字带出春回大地、焕然一新之象，而这种新气象却在“一时”之间出现，显得短促而具有爆发力。

第三句写春景随处可见。诗人用“识”字呼应第一句的“寻”字——“寻”的结果，就是“识”春光处处。

第四句写春光的万紫千红，这些美丽景物都源于春天的到来。

短短四句，把泗水的春水、春风和春花都写了个遍，这春天可真热闹！

诗歌带我游：泗水

诗中的泗水也称泗河，在今山东省中部，源于泗水县，流经孔子的家乡曲阜之北。

他写这首诗：求学

从字面上看，朱熹的这首诗是泗水游春观感，读来春意盎然。事实上，泗水之滨在诗人身处的南宋时期被金人侵占，诗人未曾到访泗水之滨，更不可能在当地游春吟赏。

诗中的泗水是一种寄托，泗水流经曲阜，春秋时孔子曾在当地讲学，教授弟子，因此所谓“寻芳”即探求圣人之道，而“万紫千红”则比喻孔子学说的丰富多彩。诗人将圣人之道比作催发生机、唤醒万物的春风，这其实是一首寓理趣于形象之中的哲理诗。

亲亲这首诗

这是一首寓理于景的诗，诗人表面上描写泗水河边的春景，由“寻芳”开始，至明白一切“万紫千红”都是春天带来的。实际上，“寻芳”过程是一个比喻，即探求学问的精神。

由于儒学的创始人孔子曾于泗水之滨讲学，后人多视此地为孔学之乡。诗人在泗水“寻芳”，很容易让人联想到言外之意。

另外，古人常以春风滋润万物生长比喻教育的普及和深入。我们读这首诗，不难感受到诗人在“识得春风面”时的那种心旷神怡的精神面貌，也就不难想象，诗人在追逐学问的路上，寻找到学问真义时的快乐心情。

我和诗歌手牵手

诗人用春天“寻芳”来比喻求学的快乐，如果要你用一个比喻来说明求学的艰辛，你会用哪一个呢？为什么？

hàn yuè fǔ

汉乐府

通讯录

诗经协会

楚辞研究社

汉武帝

唐诗之友

宋词夜谈

基本资料

背景

“乐府”初设于秦，正式成立于汉代。汉武帝扩大“乐府”的规模，令其搜集民间的歌辞入乐。因此，后世将由乐府机构搜集整理的诗歌称为“乐府诗”。

职责

采集民间歌谣或文人的诗来配乐，以备朝廷祭祀或宴会时演奏之用。

朋友圈

汉乐府

【无奖问答游戏】

“少壮不努力，____________。”

最有创意的参加者将获得神秘礼品哦！

#小编先来 #大个无饭食 #做人要积极

#眼泪一滴滴 #长大很忐忑 #真是太可惜

乐府诗

长歌行
cháng gē xíng

佚名

qīng qīng yuán zhōng kuí, zhāo lù dài rì xī
青青园中葵，朝露待日晞[1]。

yáng chūn bù dé zé, wàn wù shēng guāng huī
阳春布德泽[2]，万物生光辉。

cháng kǒng qiū jié zhì, kūn huáng huā yè shuāi
常恐秋节至，焜黄[3]华[4]叶衰。

bǎi chuān dōng dào hǎi, hé shí fù xī guī
百川东到海，何时复西归。

shào zhuàng bù nǔ lì, lǎo dà tú shāng bēi
少壮不努力，老大徒[5]伤悲！

扫一扫
听录音

诗歌翻译

园子里的葵菜郁郁葱葱，叶上的朝露等待着阳光的照耀。
春天把希望洒满了大地，万物闪着欣欣向荣的光芒。
此刻虽美，但我还是担心秋季的来临，
生怕它的肃杀为草木带来衰亡。
河流一条条向东奔去，直入大海，
到底它们什么时候才会返回西方呢？
少年人如果不及时努力，到老来悲伤也是枉然。

1 晞：晒干。这里指阳光照耀。2 布德泽：给予恩惠。布，给予。德泽，恩惠。3 焜黄：形容草木凋落枯黄的样子。4 华：同“花”。5 徒：徒然，枉然。

本诗用了“托物起兴”的写作手法，首先以他物起兴，然后引出人生道理。

前两句描写园中的“葵”，把它的生命力展现出来。青葵在露水的滋润下，长得亭亭玉立。叶上的露水晶莹剔透，等候晨光将它们蒸腾。第三、四句从对青葵的特写，转换至对植物生长的描述。在“朝露”与“阳春”的滋润下，大自然万物闪耀着生命的光辉，一派盎然生机。

盛衰荣枯是自然界不变的规律。前四句写“葵”与万物在春天阳光雨露的滋润下茁壮成长。可是，盛极必衰。第五、六句写秋天到来后，原来翠绿的万物被染上了枯黄色，渐渐凋零。

大自然的盛衰变化，让人们不禁联想到生老病死。诗人也不例外，他看着滚滚东逝的河水，联想到一去不复返的时光。

其实，人生不也像青葵一样吗？两者都敌不过时间的洗礼，无论如何茁壮，最后还是要面对衰亡。诗人悟出了这个道理，于是发出“少壮不努力，老大徒伤悲”的感慨，呼吁世人善用少年时代的光阴，无负青春！

诗歌带我游：葵

《说文解字》中说："葵，菜也。"意思即蔬菜的一种。《诗经·豳风·七月》中说："七月亨葵及菽。"葵是农历七月的时令蔬菜。按照明代李时珍的《本草纲目》中"葵菜古人种为常食"的说法，可知葵在古时是很常见的。

他写这首诗：民歌

诗题中的"长歌"二字指舒缓悠长的歌声；"行"指乐曲。本诗属于汉乐府民歌。汉乐府民歌的内容以反映民间疾苦为主。

亲亲这首诗

本诗的主旨是借咏叹万物盛衰有时，引出少年人要珍惜时光的劝导。其中"少壮不努力，老大徒伤悲"一句寓意深刻，成为千古传诵的"惜时"警句。

写作技巧：托物起兴

这是源自《诗经》的写作手法。朱熹认为"兴"的手法是"先言他物以引起所咏之辞"。意思是先写别的事物，然后引出主要内容，激发读者的想象，引领读者逐步领会诗歌的主题。本诗正是以“葵”为起兴之物，引出少年当奋发向上的主题。

我和诗歌手牵手

常言道：“一寸光阴一寸金。”你同不同意这一说法？你平常是如何利用你的课余时间的？别坐着空想了，快拿出纸笔制订一个简单的计划吧！

táo yuān míng

陶渊明

通讯录

胡西曹

殷景仁

戴主簿

刘柴桑

周续之

张常侍

基本资料

生卒年

365？—427

字 / 号

名潜，字元亮，号五柳先生

家乡

浔阳柴桑（今江西省九江市）

仕途

做过小官，但在任时间很短

朋友圈

陶渊明

【归园田居第三部】

《归园田居》能发表到第三部，我要感谢所有支持我的人……（此处省略一万字）

胡西曹，刘柴桑

胡西曹：真是恭喜你呀！

刘柴桑：听说陶兄打算出个五部曲，我一直追着看的，千万不要“烂尾”呀！拜托拜托拜托拜托！

guī yuán tián jū qí sān

归园田居（其三）

陶渊明

扫一扫
听录音

zhǒng dòu nán shān xià，cǎo shèng dòu miáo xī

种豆南山下，草盛豆苗稀。

chén xīng lǐ huāng huì，dài yuè hè chú guī

晨兴[1]理荒秽[2]，带月荷锄[3]归。

dào xiá cǎo mù cháng，xī lù zhān wǒ yī

道狭草木长，夕露[4]沾我衣。

yī zhān bù zú xī，dàn shǐ yuàn wú wéi

衣沾不足惜，但使愿无违。

诗歌翻译

我在南山山脚下种豆子，
结果是野草茂盛而豆苗稀疏。
天刚破晓，我就下田清除田间杂草，
暮色降临，我才披着月色扛锄而归。
狭窄的小路上草木丛生，并不好走，
傍晚的露水沾湿了我的衣裳。
衣裳被沾湿并不可惜，生活艰难也不要紧，
我只想过不违心的生活。

① 晨兴：早起。② 荒秽：田里的杂草。③ 荷锄：扛着锄头。荷，动词，扛着。④ 夕露：傍晚的露水。

本诗可以分为两个部分，第一部分是前四句。

前两句是诗人对自己的农耕生活的一个总结。诗人的祖上两辈都是为官之人，诗人也是饱读诗书的士人，自然不擅长耕作。所以无论如何努力地默默耕耘，他在南山下的那块田，仍然是“草盛豆苗稀”。

第三、四句是诗人艰辛劳作的写照：在太阳刚刚升起的时候，他就出门去打理田地；到了晚上月亮出来时，他才拖着疲惫的身躯，扛着那沉重的锄头，一步一步走回家。读到这里，有人可能会以为诗人已心灰意冷，对这种付出与收获不成正比的境况十分不满。然而，事实并非如此。

后四句是本诗的第二部分，表达了诗人“归园田居”的决心。

第五、六句描写诗人的回家路途：道路狭窄，杂草丛生。因为到了傍晚才回家，所以身上的衣裳总是被“夕露”沾湿。这个画面虽然普通，但极富田园生活气息，同时表达了诗人“归园田居”的决心。

第七、八句承上两句之意，诗人道出自己心底的意愿。对诗人来说，他现在只有两条路可走：一是出仕任官；二是归隐田园。前者可为他带来富足的生活，但却违背本心；后者虽然会艰难一点，但却能保持本心。面对抉择，诗人二话不说就选择了“但使愿无违”。

诗歌带我游：山水田园诗派

山水田园诗派是唐代诗歌的一个流派，诗歌内容以田园生活和山水景物为主，代表人物有陶渊明、王维、孟浩然、常建等。陶渊明在辞去彭泽县令后，就归隐田园，以田园生活为题材创作诗歌，成为“古今隐逸诗人之宗”。

他写这首诗：本心

诗人的祖父和父亲都是朝廷官员。后来家道中落，他为了糊口，只好违心出仕。可是，本心难违，经过几次辞官与复官后，诗人最后还是选择了归隐田园。对诗人来说，“日出而作，日入而息”的农家生活比阿谀谄媚的官场生活好，所以虽然艰苦，但他却甘之如饴。

亲亲这首诗

《归园田居》一共有六首，主要描写诗人归隐后的生活，抒发他对田园生活的热爱之情。本诗是第三首，诗人通过对日常农耕生活的描写，表达自己甘愿吃苦、遵从本心的决心。

这首诗充分反映了诗人的诗歌风格：文辞自然、不做过多的修饰和雕琢，但情真意切，以诗言志。

写作技巧：对比

“对比”是诗歌创作常见的手法。诗人把两个意思对立的事物放在同一首诗里，以其中的矛盾凸显事物的本质特征。例如，“草盛豆苗稀”就是用了“对比”手法：将野草的茂盛与真正的农作物豆苗的稀疏进行对比。

我和诗歌手牵手

你想体验田园生活吗？不妨在假日里和父母一起当一回“假日农夫”吧！

lǐ bái

李白

通讯录

孟浩然

李邕

崔成甫

贺知章

杜甫

高适

基本资料

生卒年

701—762

字 / 号

字太白，

号青莲居士

文学史地位

唐代伟大的浪漫主义诗人，与杜甫齐名，被誉为“诗仙”。诗风浪漫、雄奇、奔放

朋友圈

李白

这家船务公司不得了，一日之间就把我由白帝城送到了江陵，下次一定再光顾！

♡ 贺知章, 江陵船务

贺知章：你什么时候成为代言人了？你变了……你以前不会打广告的……

江陵船务：感谢您满意本公司的服务！有兴趣的朋友请随时联系我们，本公司一定会让您有个美满的旅程！

七言绝句

zǎo fā bái dì chéng
早发白帝城

李白

扫一扫
听录音

zhāo cí bái dì cǎi yún jiān
朝辞[1]白帝彩云间，
qiān lǐ jiāng líng yí rì huán
千里江陵[2]一日还。
liǎng àn yuán shēng tí bú zhù
两岸猿声啼不住[3]，
qīng zhōu yǐ guò wàn chóng shān
轻舟[4]已过万重山。

诗歌翻译

早上，朝霞满天，我辞别了高耸入云的白帝城。
从上游而下，浪急船快，
远在千里之外的江陵只要一天就能到达。
两岸连山，船在其中的水道前行，
耳边传来一阵又一阵的猿猴啼叫声。
不知不觉，轻快的小船已穿过万重山峰。

① 辞：辞别。② 千里江陵：郦道元的《水经注·三峡》中记载，白帝城与江陵约相距1200里（600千米），所以诗中所谓“千里江陵”确非虚言。③ 不住：不绝。④ 轻舟：轻快的小船。

诗人只用了四句，就描述了长江三峡的风貌，也刻画出内心的愉悦。

相传白帝城始建于东汉，是一处历史悠久的遗迹。可是，诗人却无心游览，因为这里只不过是他流放途中所经之地。幸好，他忽然得到被赦免的消息，于是心情由郁闷转为兴奋。此时，高高在上的白帝城也变得亲和起来。对诗人来说，今日一切都是色彩缤纷的，连环绕白帝城的云朵也成了美好灿烂的“彩云”。

第二句中，诗人以“千里”与“一日”作对比，点出流放之路的遥远、水流的湍急以及小舟东下的轻快。诗人刚遇赦而还，所以他也期盼着马上就到江陵。这里的“还”字，将这份归心似箭的心情表露无遗。

第三、四句描绘了沿途两岸的景色。古时，长江三峡沿岸常有猿啼，但“猿声”之所以“啼不住”，是因为船速很快。船行迅速，两岸的风景不断变化。诗人听着阵阵猿啼声，不经意间，“轻舟已过万重山”。一个“轻”字，不仅写出船行之快，而且传达出诗人轻松愉快的心情。

诗歌带我游：白帝城

白帝城位于今日重庆市白帝山上。它之所以闻名遐迩，是因为李白的这首《早发白帝城》，同时也得益于三国时期的刘备与诸葛亮。

史书《三国志》记载了蜀主刘备病重，在白帝城召见诸葛亮，把儿子托付给他的事迹。诸葛亮听后泣不成声，表示愿"效忠贞之节"，以死相报。刘备与诸葛亮因此成了千古"君臣知遇"的楷模，而白帝城也名传天下。

他写这首诗：特赦

诗人因为永王李璘谋反事件，被朝廷流放至夜郎（我国西南地区的少数民族，具体位置不详，大约在贵州一带）。在前往夜郎途中，诗人路过白帝城，忽然听闻朝廷给予他特赦，心情由沉重变为轻松，立即沿长江东下，直抵江陵（今湖北省荆州市）。

亲亲这首诗

这是一首借景抒情的诗作。诗人得知遇赦后，感到兴奋喜悦，连乘坐的小舟也好像特别轻快。诗人不写心情，极力写景，着意以身边的长江三峡风光，寄寓自己当时的轻松愉快。

写作技巧：夸张

夸张是一种修辞手法。写作时，作者会对描写对象的形象、特征、功能、程序做出夸大的形容，目的是凸显描写对象的本质，加强它的艺术形象。

以本诗为例，李白为了突出小舟之轻快，衬托他愉快的心情，所以夸张地说千里之外的江陵也能在一日之间到达。

我和诗歌手牵手

你坐过船吗？船在行驶的过程中，你的感受如何？

杜牧

dù mù

杜 牧

李商隐

李德裕

崔郸

牛僧孺

周墀

张好好

基本资料

生卒年

803—852

字 / 号

字牧之，

号樊川居士

家乡

京兆万年

（今陕西省西安市）

官职（部分）

弘文馆校书郎、

黄州刺史

朋友圈

杜牧

商女不知亡国恨，隔江犹唱后庭花……

崔郸，李商隐

崔郸：这个商女我认得！隔着江水都可以听到她的歌声。

李商隐：唉，历史的歌声又有谁明白呢？

七言绝句

泊秦淮[1]

bó qín huái

扫一扫听录音

杜牧

yān lǒng hán shuǐ yuè lǒng shā
烟[2]笼寒水月笼沙，
yè bó qín huái jìn jiǔ jiā
夜泊秦淮近酒家。
shāng nǚ bù zhī wáng guó hèn
商女[3]不知亡国恨，
gé jiāng yóu chàng hòu tíng huā
隔江犹唱后庭花[4]。

诗歌翻译

迷离的月色和轻烟笼罩着寒水和白沙，
夜里，船只停泊在秦淮河边，靠近岸上的酒家。
歌女不懂什么叫亡国之恨，
隔着江水仍在高唱《玉树后庭花》。

①秦淮：秦淮河。②烟：烟雾。这里指秦淮河上的水汽。③商女：歌女。商，五音中的“商”声。④后庭花：乐曲《玉树后庭花》的简称。这是南朝陈后主陈叔宝所作的乐曲。因为陈后主耽于逸乐，终至亡国，所以人们把此曲称为“亡国之音”。

宋代著名诗论家严羽曾说“发句好尤难得”，即诗歌首句最难写得好。本诗以两个“笼”字开首，把秦淮河的景色——“烟”“水”“月”“沙”和谐地融合在一起，为读者带来烟雨凄迷的河畔夜色。这一句自然淡雅，没有过多的修饰，正是不同凡响的开首。第二句近写河畔酒家，既点明时间、地点，又与上一句的远景相呼应。诗歌首句先营造秦淮河朦胧冷寂的气氛，第二句运用一个“近镜头”，创造出特殊的艺术张力。

第三句紧接第二句的伏笔，以“商女”侧写朝廷的耽于逸乐，讽刺为政者的无知最终只会造成“亡国恨”。第四句表面上是讽刺南朝亡国之君陈后主，实际上是暗喻当朝皇帝。《玉树后庭花》是南朝荒淫误国的陈后主创作的乐曲，人称“亡国之音”。诗人借秦淮河的歌舞升平，暗讽统治者只顾寻欢，不理国家大事。

诗歌带我游：秦淮河

秦淮河是长江下游的支流，汉代称淮水，唐代以后改称秦淮。秦淮河大部分在今日南京市（昔日的金陵）内。秦淮河当时位于金陵的中心，两岸酒家林立，是许多文人日常流连之处。《泊秦淮》不但成就了杜牧的诗名，而且使秦淮河名扬天下。

他写这首诗：感时伤事

诗人的祖父杜佑是唐代三朝宰相，所以他自小就很关心国家兴亡。他看到朝廷腐败、藩镇割据，心里感慨万千。此时，诗人刚好来到位于六朝古都金陵的秦淮河畔，联想到昔日国势辉煌的南陈政权也是因为当政者昏庸荒淫而毁于一旦，所以写下了这首感时伤事的《泊秦淮》。

亲亲这首诗

本诗是诗人夜泊秦淮河时的所思所感。唐代的秦淮河畔流光溢彩，十分繁华。诗人旅居江南，舟泊秦淮，目睹灯红酒绿，耳听袅袅乐音，他认为，这一切无非是破国之景、亡国之音，因此，他必须呼喊，让君王、朝臣惊醒过来。

写作技巧：互文见义

“互文见义”是一种修辞手法。在古诗中，它是指“参互成文，合而见义”。简单来说，就是写作的时候，把一个完整的意思拆分到上下两句之中，读者必须将这两句中的词语相互补充，才能理解其中意思。

本诗就是“互文见义”的典型例子，诗人把“水”和“沙”写在“烟”和“月”之后，然后利用两个“笼”字将二者结合起来，目的就是要表现“烟”与“月”同时笼罩着“水”与“沙”。

我和诗歌手牵手

南京是六朝古都，除秦淮河外，还有很多人文旅游景观，如夫子庙、中山陵等。有机会你一定要去感受一下这座城市的独特魅力！

dù mù
杜 牧

李商隐

李德裕

崔郸

牛僧孺

周墀

张好好

基本资料

生卒年

803—852

字 / 号

字牧之，

号樊川居士

家乡

京兆万年

（今陕西省西安市）

官职（部分）

弘文馆校书郎、

黄州刺史

朋友圈

杜牧

来考考大家句读的功夫！

清明时节雨纷纷路上行人欲断魂借问酒家何处有牧童遥指杏花村

李德裕，张好好

李德裕：清明时节雨，纷纷路上行人，欲断魂。借问酒家何处？有牧童，遥指杏花村。

张好好：清明时节，雨纷纷。路上，行人欲断魂：“借问酒家何处？”“有！”牧童遥指：“杏花村！”

七言绝句

qīng míng

清明

杜牧

扫一扫
听录音

qīng míng shí jié yǔ fēn fēn
清明时节雨纷纷[1]，
lù shàng xíng rén yù duàn hún
路上行人欲断魂[2]。
jiè wèn jiǔ jiā hé chù yǒu
借问酒家何处有？
mù tóng yáo zhǐ xìng huā cūn
牧童遥指杏花村[3]。

诗歌翻译

清明节这天，
小雨一直淅淅沥沥地下着。
路上的行人因为下雨郁闷不已，
感觉就像灵魂从身体中抽离了。
我问了问路过的牧童："哪里有酒家？"
他指着遥远的村庄说："在那边的杏花村。"

① 纷纷：形容雨势连绵不绝。② 欲断魂：形容心里愁苦，感觉身体与魂魄都要分离了。③ 杏花村：村庄名，位于今安徽省池州市。

诗的前两句交代了清明节当天的情景——春雨绵绵。天气变化往往会影响人们的心情。清明节这天，终日下着绵绵小雨，人们的心情也随之郁闷起来，就像灵魂被抽离身体。诗人运用了触景生情的写作手法，先把清明时节的气候特征直接书写出来，然后由“景”转“情”，把焦点放在“路上行人”的身上，写他们此刻的心情——“欲断魂”。“景”在前，“情”在后，交融配合，营造出清明节扫墓思亲的气氛。

所谓“每逢佳节倍思亲”，尤其是在“雨纷纷”的清明节里。一方面，凄风苦雨让人发愁；另一方面，清明节正是拜祭先人的时节，可谓“愁上加愁”。而且，诗人正逢仕途不顺，他无奈地离开朝廷，远赴南方池州担任刺史。诗人的心思是格外细腻的，如果说路上行人此刻感到“欲断魂”，那么诗人内心更是加倍难受。

第三句“借问酒家何处有”，诗人并没有说出“借问”的对象是谁，乍看似是语焉不详，然而这正是本诗的妙处。

第四句是一个完整句子，主语、谓语、宾语都齐备，而这里的“牧童”，除了是本句的主语外，也是上句的宾语。

诗歌带我游：清明节

清明是二十四节气之一，是传统祭祖扫墓的重要日子。在古代，清明节与寒食节有着紧密的关系。寒食节在冬至（二十四节气之一）后105天，过后就是清明节。唐朝时，玄宗皇帝诏令天下，要求“寒食上墓”（寒食节要上坟扫墓），寒食与清明的节日内容基本是重复的。北宋吕希哲在《岁时杂记》中也说：“清明节在寒食第二日，故节物乐事，皆为寒食所包。”现在，两者便合而为一，而很多人也只知清明不知寒食了。

他写这首诗：路过

杜牧善写七言绝句，即景抒情，节奏明快。据《江南通志》记载，诗人任池州刺史时，曾到过杏花村饮酒，故赋得本诗。

亲亲这首诗

本诗是咏写清明节景物的作品。这一天，天空下着蒙蒙细雨，诗人在路上看着扫墓者的愁苦面容。在这样哀伤的氛围下，诗人也难以开怀。于是，他只好借酒浇愁，用诗与酒把心中的黯然情绪排遣出来。

写作技巧：触景生情

触景生情是指作者因为接触到外在客观的景物，引发内心的思绪情感。这种手法在诗歌中的具体表现是诗人先把景物描写出来，然后借着这一景物抒发内心的情感。

我和诗歌手牵手

你有没有在清明节跟随父母去扫过墓？当天是否也是细雨纷飞？你的心情有没有受到天气的影响？

wáng ān shí

王安石

通讯录

曾巩

欧阳修

周敦颐

文彦博

基本资料

生卒年

1021—1086

字 / 号

字介甫

任职

宰相

身份

中国历史上著名的政治家、改革家，唐宋八大家之一

朋友圈

王安石

人人都写题壁诗，难道人人都想写题壁诗吗？

♡ 杨德逢（湖阴先生），欧阳修

杨德逢（湖阴先生）：多谢介甫赠诗！我一定好好保护这面墙，让它将来成为一级文物！

欧阳修：题壁诗虽然都是题在墙壁上的，但墙壁又有寺壁、石壁、邮亭壁、殿壁、楼壁之分哦！什么时候我也来写一首。

七言绝句

shū hú yīn xiān shēng bì

书湖阴先生壁

王安石

máo yán cháng sǎo jìng wú tái
茅檐[1]常扫净无苔[2]，

huā mù chéng qí shǒu zì zāi
花木成畦[3]手自栽。

yì shuǐ hù tián jiāng lǜ rào
一水护田将绿绕，

liǎng shān pái tà sòng qīng lái
两山排闼[4]送青来。

诗歌翻译

茅屋檐下的庭院被打扫得干干净净，
没有一丝青苔。
花草树木成行成垄排列着，
都是主人亲手栽种的。
庭院外一条小河，紧紧环绕着绿油油的田地。
两座大山推开门，为人们送去绿色。

1 茅檐：茅屋屋檐。这里指庭院。2 苔：青苔。3 畦：经过修整的田地。4 排闼：推开门。

前两句主要描写湖阴先生家的庭院。在湖阴先生的打理下，院子格外干净，甚至连江南常见的青苔都没有。一个“净”字、一个“无”字，既渲染了庭院的清静闲适，也表现了主人的自在无为。同时，成行成垄排列着的“花木”，更能让人感受到主人的细心——不仅“手自栽”，还把一花一木都打理得井井有条。

第三、四句写庭院外的自然风光。欣赏过雅致的庭院后，诗人把目光移到庭院外。一条小河、一块农田、两座青山，本来是无情之物，但在诗人的眼中，这“一水”仿佛慈祥的母亲，张开双臂护卫着“绿田”，而“两山”则似乎因为庭院之美，争相前来为主人送上绿色。“护”“绕”“送”三字都是动词，是全诗的动力源泉，为“水”“山”带来无尽的生命力。

诗歌带我游：题壁诗

诗题中的“书”是动词，指在墙壁上题诗。题壁诗是古代诗歌中的重要一员。它的书写载体是墙壁。就内容而言，题壁诗都是有感而作、有所寄托的，大致可以分为政治抱负类、生活困难类、志趣爱好类等。

他写这首诗：情谊深厚

湖阴先生，本名杨德逢，是诗人隐居金陵半山园时的邻居。诗人第二次被罢相后，就在半山园居住了十年，跟同为隐者的杨德逢交情甚笃。现存诗人所写有关杨德逢的诗歌超过十首，可见二人情谊之深厚。

亲亲这首诗

本诗是王安石题写在湖阴先生家墙壁上两首诗中的第一首，而历代评论者大多认为这一首更好。

诗人赋予“一水”“两山”人性，使它们展示出富于动感的形象。花木、山河看似随处可见，但诗人下笔之际布局严谨，先写近景，再写远景，又赋予眼前这片景色生命和情感，足见诗人心中有情，善于感受生活。

写作技巧：拟人

拟人就是赋予事物人性，使本来不具备感情的事物变成一个栩栩如生的人。“一水护田将绿绕”一句，诗人化无情为有情，赋予流水灵性，似乎这条河正在细心地守护着绿油油的田地。

我和诗歌手牵手

你种过花吗？原来种花也可以纾解压力。早在17世纪末，英国就出现了“园艺疗法”的概念。随着社会的发展，“园艺疗法”慢慢在美国、日本等国发展起来。园艺治疗师会引导服务对象通过栽种植物，梳理自己的情绪，让压力得到释放。

gāo dǐng
高鼎

通讯录

你还不是我的朋友，所以我也不让你知道我的朋友。你要来成为我的朋友吗？

十 添加朋友

基本资料

生卒年

你的问题，是我的秘密～

字 / 号

字象一，又字拙吾

家乡

浙江仁和

（今浙江省杭州市）

主要作品

《村居》《早行》

《虚堂》等

朋友圈

高鼎

近来放学时段孩子们都赶着回来，原来是要放风筝啊～真怀念小时候的时光！

♡ 我是朋友甲

我是朋友甲：老了，老了，唉……

七言绝句

cūn jū

村居

高鼎

扫一扫
听录音

cǎo zhǎng yīng fēi èr yuè tiān
草长莺飞[1]二月天[2]，

fú dī yáng liǔ zuì chūn yān
拂堤杨柳醉春烟[3]。

ér tóng sàn xué guī lái zǎo
儿童散学归来早，

máng chèn dōng fēng fàng zhǐ yuān
忙趁东风放纸鸢[4]。

诗歌翻译

早春二月，村里的青草破土而出。
好动的莺儿也来凑热闹，在天空飞舞盘旋。
杨柳摆动它的绿枝条，随风拂打着堤岸，
似乎都陶醉在了春天的雾气中。
村里的孩童都放学了。
他们踏着轻快的脚步，赶紧回家，
要趁着东风把风筝送上天空。

①草长莺飞：小草生长，黄莺飞舞。②二月天：早春的天气。③春烟：春天水泽、草木间蒸发形成的烟雾般的水汽。④纸鸢：泛指风筝，它是一种用纸做的形状像老鹰的风筝。

这是一首描绘江南早春二月的诗歌。

前两句，诗人以早春常见的景致——青草破土而出、莺儿盘旋起舞、杨柳随风飘动，勾画出一幅生机勃勃的春景图。诗人运用拟人手法，赋予杨柳生命，使其在堤岸边摇曳踏步。

柳条轻轻摆动，说明二月春风轻柔，正是放风筝的好时节。

后两句，诗人重点描写孩童放风筝的情景。孩子们放学“归来早”，“忙趁东风”，把久藏的风筝都拿出来放。

诗人别出心裁，从儿童的角度去写，虽不详写儿童的玩乐情景，但能把他们的童心与童趣都表现出来。这幅美丽的乡村早春图，既表现了乡村儿童的天真烂漫，又显示了春天的蓬勃生机。

诗歌带我游：纸鸢

纸鸢是类似风筝的玩具。因为它的外形如鹰一般，所以又俗称鹞子。它以细竹为骨，扎成鸟的形状，用纸或薄绢糊上。玩者把它系上丝线，趁着大风牵扯至天上。据宋代高承的《事物纪原》记载："（纸鸢）俗谓之风筝，古今相传云是韩信所作。"

他写这首诗：农家风情

本诗题为"村居"，顾名思义，是一首描绘农家风情的诗歌。诗人高鼎一向以善写大自然风光见称。他晚年隐居于江南，过着悠闲的耕读生活。

亲亲这首诗

诗人善于景物描写。本诗前半部分集中写景，既为后半部分提供阅读背景，也为下文营造早春的氛围。本诗后半部分是全诗的主题，诗人巧妙地刻画了儿童的心理，把他们天真烂漫、贪玩好动的神态生动地表现了出来。在后半部分，诗人虽不写景，却将早春的生机勃勃表露无遗。

写作技巧：白描

诗人运用了白描手法，把春天的美景直白地表述出来。到底什么是白描手法?

白描原为中国画的技法之一，是指画家只用线条勾勒画作的外框，不着一点颜色。后来，白描也指文学创作的一种基本表现手法。文学上的“白描”，是指写作时只用简练的文句，不加修饰烘托，简洁、直接地刻画出写作对象的神韵。

我和诗歌手牵手

放风筝是一种既健康又能增进亲子关系的活动。假日里，不妨放下手上的功课（还有手机……），和父母一起到空旷的公园去放放风筝吧!

wáng wéi
王 维

通讯录

张九龄

孟浩然

王昌龄

基本资料

生卒年

701？—761

字 / 号

字摩诘，

号摩诘居士

家乡

河东

（今山西省永济市）

官职（部分）

曾任右拾遗，

官至尚书右丞

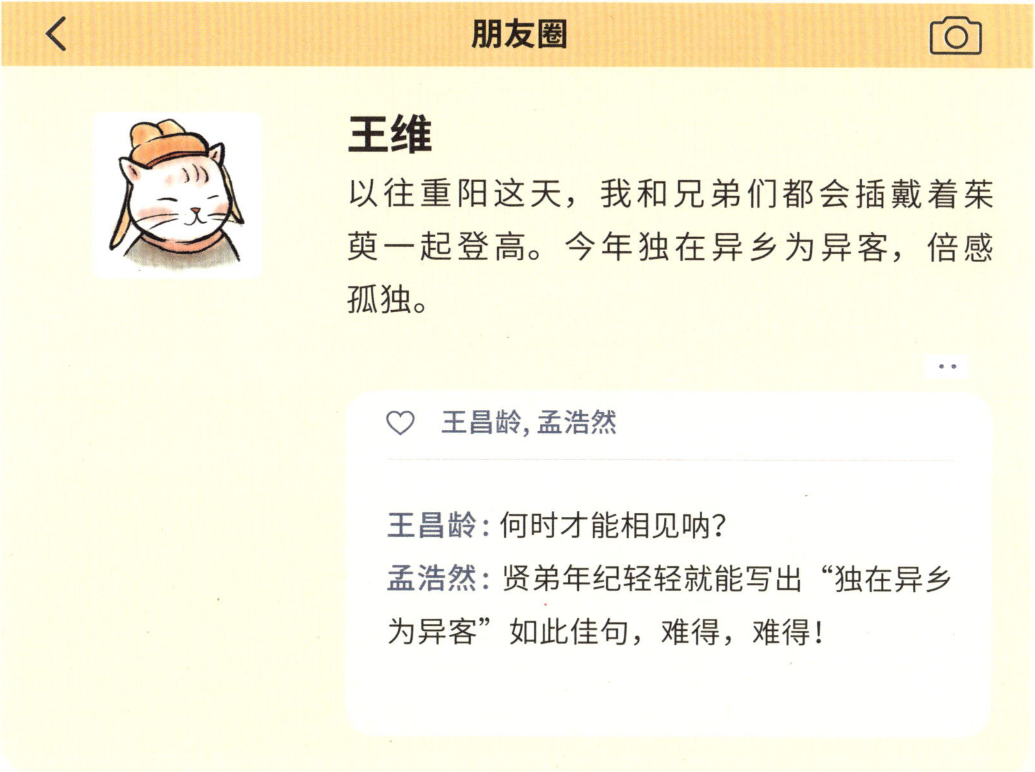

朋友圈
王维
以往重阳这天，我和兄弟们都会插戴着茱萸一起登高。今年独在异乡为异客，倍感孤独。
王昌龄，孟浩然
王昌龄：何时才能相见呐？
孟浩然：贤弟年纪轻轻就能写出“独在异乡为异客”如此佳句，难得，难得！

七言绝句

jiǔ yuè jiǔ rì yì shān dōng xiōng dì

九月九日忆山东[1]兄弟

王维

dú zài yì xiāng wéi yì kè

独在异乡为异客[2]，

měi féng jiā jié bèi sī qīn

每逢佳节倍思亲。

yáo zhī xiōng dì dēng gāo chù

遥知[3]兄弟登高[4]处，

biàn chā zhū yú shǎo yì rén

遍插茱萸[5]少一人。

诗歌翻译

我远离家乡，独自居住在他乡，
每逢节日就加倍思念家乡的亲人。
我想，家乡兄弟们一定都登上了高处，
他们都插戴着茱萸，唯独少了我一个人。

[1] 山东：这里指华山以东。[2] 异客：生活在他乡的人。[3] 遥知：在远处知晓情况。[4] 登高：中国人有在重阳这天登高的习俗。[5] 茱萸：一种带香气的植物。古时人们在重阳节有插戴茱萸的习俗。

扫一扫
听录音

诗人自成年以来第一次离开山西，对长安的一切感到既好奇又陌生。诗中第一句连用两个“异”字，既有音律美的艺术效果，也道出他这个异乡人虽身在繁盛的长安，却因这种热闹更显孤独可怜。

由此，诗人在第二句点出“倍思亲”的缘由——佳节。重阳节是家人团聚登高秋游的日子，往昔在家乡的快乐时光历历在目，对比今天的寂寞孤独，诗人的思乡之情一发不可收。

古人有重阳登高的风俗，登高时会插戴茱萸，以避灾祛邪。诗人从佳节想到节日的内容，遥想兄弟如何在重阳日登高，在插戴茱萸之时，会发现少了一位兄弟。诗人推己及人，把自己的遗憾想象成兄弟们的遗憾，把自己的思念想象成对方的思念。这种转折而富有想象力的写法，令思乡之情翻出了新意，丰富了“倍思亲”的意义。

诗歌带我游：重阳节

重阳节，农历九月初九，是中国的传统节日。早在战国时期已有重阳节，到了唐代，重阳节被定为正式节日，沿袭至今。人们一般会在重阳节这天出游赏秋、登高远眺、观赏菊花、插戴茱萸、吃重阳糕、饮菊花酒。

他写这首诗：佳节离乡

诗人王维生于唐代由盛转衰的时期。他在十七岁时写下此诗，当时他离开了家乡到长安准备应试。长安城固然繁华热闹，但对年轻的王维来说，也只是举目无亲的“异乡”。适逢重阳节，诗人思念起家乡的亲友，便创作了这首抒情小诗。

亲亲这首诗

诗人写出了游子的思乡之情。诗人先写在异乡生活的孤独寂寥，遇到佳节良辰，思乡之情倍增；接着写远在家乡的兄弟，也在佳节思念自己。诗意含蓄深沉，朴素情浓，曲折有致。其中“每逢佳节倍思亲”更是千古名句。

写作技巧：象征

象征是通过某一特定形象，表现与该形象相似或相近的事物、思想和感情。在这首诗里，王维以重阳节为起点，通过对登高、插茱萸习俗的描写，使乡愁更生动、更深沉、更具含蓄美。

我和诗歌手牵手

在过去，人们很重视传统节日，过节还有不同的习俗。但随着时间的推移，人们对节日和习俗的热情似乎日渐消退，你觉得原因是什么呢？

lǐ bái
李白

通讯录

孟浩然

李邕

崔成甫

贺知章

杜甫

高适

基本资料

生卒年

701—762

字 / 号

字太白，

号青莲居士

文学史地位

唐代伟大的浪漫主义诗人，与杜甫齐名，被誉为“诗仙”。诗风浪漫、雄奇、奔放

朋友圈

李白

众坐坐不如独坐坐～

♡ 敬亭山土地公, 孟浩然

敬亭山土地公: 李兄你与在下对坐甚久，看得本土地公甚是害羞。

孟浩然回复敬亭山土地公: 他没有邀你喝酒吗?

五言绝句

dú zuò jìng tíng shān
独坐敬亭山

李白

扫一扫
听录音

zhòng niǎo gāo fēi jìn
众鸟高飞尽[1]，

gū yún dú qù xián
孤云独去闲[2]。

xiāng kàn liǎng bú yàn
相看两不厌，

zhǐ yǒu jìng tíng shān
只有敬亭山。

诗歌翻译

群鸟高飞无影无踪，
孤云独去悠闲自在。
能与我终日相看却看不够的，
只有这敬亭山了。

1 尽：消失。2 闲：形容云彩飘来飘去，悠闲自在的样子。

诗人在前两句写鸟和云，看似写景物的苍凉，却更多是为了表达情感上的落寞惆怅：天上鸟儿高飞，孤云也越飘越远，世间万物都在远离自己。诗人以景物的“动”衬托内心的“静”，然而这“静”却是诗人的孤独寂寞，诗人感到一切都在“厌”他，这为下联的“不厌”做了铺垫。

接着，诗人用拟人手法，赋予敬亭山个性，也赋予敬亭山情感。诗人凝望着幽静秀丽的敬亭山，觉得敬亭山仿佛也正在回望着他。“相看两不厌”表达了诗人与敬亭山之间的相惜之情。

在末句中，诗人以“只有”两字点出自己并不孤苦，人生有一知己便无憾——即使这知己是一座山，即使这知己是自己想象出来的。

诗歌带我游：敬亭山

敬亭山属黄山支脉，位于安徽省宣城市区北郊，原名昭亭山，西晋时为避文帝司马昭名讳，改称敬亭山。除李白外，白居易、杜牧、韩愈、刘禹锡、王维、孟浩然、李商隐等都慕名登临，吟诗作赋，绘画写记，于是，敬亭山声名鹊起。宣城因为敬亭山这座在历史上赫赫有名的“江南诗山”而被誉为“江南诗城”。

他写这首诗：孤独

诗人李白在天宝年间作此诗，其时他离京到处漂泊已有十年。多年的游历生活让诗人阅尽人生百态，对人事纷争越来越厌恶，便寄情于山水。全诗俱是写景语，无一语言情，然而由景入情，虽句句是景，却句句是情。

亲亲这首诗

诗人构思精妙，他不写敬亭山的秀丽风光，而是着眼于敬亭山的“有情”，明显是在借景抒情。敬亭山之情是诗人的想象，他需要设想一个有情的对象，这正表达了他对人世间各种“无情”的失望，也更显其内心的孤独。

写作技巧：拟人

诗人赋予敬亭山感情——在诗人眼里，敬亭山不再是一座没有生命的山，而是一位与自己惺惺相惜的好朋友。如此一来，描绘的对象便更加生动形象了。

我和诗歌手牵手

你有没有试过对心爱的玩具“诉苦”呢？你觉得它能听懂你说的话吗？为什么？

dù fǔ

杜甫

通讯录

李白

岑参

王维

崔颢

邻居老王

高适

基本资料

生卒年

712—770

字 / 号

字子美，

号少陵野老

文学史地位

唐代伟大的现实主义诗人，与李白齐名，被誉为“诗圣”。其作品深刻反映唐朝由盛转衰的历史过程和社会面貌，被称为“诗史”

朋友圈

杜甫

我今天把家书拿去抵押了，我说它比万两黄金贵重，老板竟然不同意，真气人！

高适, 杜闲

高适：你一定是图方便到连锁当铺去的吧？来来来，我介绍一家隐世良心当铺给你！

杨氏：哼！给你写家书是因为关心你，你竟然拿去抵押？！

五言律诗

chūn wàng

春望

杜甫

guó pò shān hé zài　chéng chūn cǎo mù shēn
国破山河在，城春草木深[1]。
gǎn shí huā jiàn lèi　hèn bié niǎo jīng xīn
感时[2]花溅泪，恨别[3]鸟惊心。
fēng huǒ lián sān yuè　jiā shū dǐ wàn jīn
烽火连三月，家书抵万金。
bái tóu sāo gèng duǎn　hún yù bú shèng zān
白头搔[4]更短，浑[5]欲不胜[6]簪。

扫一扫
听录音

诗歌翻译

长安沦陷，国家破碎，只有山河依旧。
春天来了，人烟稀少的长安城里草木茂密。
想到国事就不禁流泪，
听到鸟鸣便心神不安，更增离愁。
战火已经延续了三个月，在乱世中，
一封家书可抵万两黄金。
愁绪满怀，白发越搔越少，简直连发簪也插不住了。

①草木深：草木横生，景象荒凉。②感时：感伤国事。③恨别：与家人被迫分离，十分懊恼。④搔：抓。⑤浑：简直。⑥不胜：不能承受。

诗人一开始就描写了春天的长安城：山河依旧，可是长安城已经沦陷了，建筑残破不堪，杂草丛生。诗人寄情于物，营造出一种自然风光依旧而人事全非的荒凉感。“国破”和“城春”，两个截然不同而又并存的矛盾景象，形成强烈的对比，凸显了长安城的破败荒凉。

第三、四句，诗人借物抒情，把个人感情投射到花、鸟上。本应在春天散发出迷人香气的花儿，或唱出悦耳歌曲的鸟儿，现在只能“流泪”和“惊心”。事实上，真正流泪和惊心的是诗人自己。通过景物描写，诗人移情于物，表达国事不可为、家人不可见的沉痛之情。

第五、六句指出战争已从冬天打到春天，但仍没有结束之象。诗人被扣多时，很久没收到家人的音讯，若能收到一封家书多好啊！“万金”二字反映了诗人久盼家人音讯的迫切心情。

第七、八句，诗人通过对头发前后变化的描写，使读者感受到他的痛苦和焦虑，由景入情，将自己忧国忧己的感情表现得淋漓尽致。

诗歌带我游：簪

簪是古代发饰，是用来固定发髻或冠的长针，男女皆可用，后来更多指妇女绾髻的首饰。

簪可用金属、骨头、玉石等制成，多加以珠宝装饰。汉武帝时，李夫人取玉簪搔头，自此以后，宫人搔头皆用玉簪。

他写这首诗：忧国忧时忧己

唐玄宗天宝十四年（755）发生了安史之乱，长安沦陷。诗人杜甫被叛军俘虏，押往长安。幸亏他职位低微，叛军只是将他扣在营地，并未杀害他。

杜甫目睹了长安沦陷后所遭受的巨大破坏，想到一年前的长安还是繁华都市，久久不能释怀，于是写下了这首忧国忧时忧己的著名诗篇。

亲亲这首诗

诗人以含蓄凝练的文字表达国破家散的悲痛，全诗感情沉郁，结构紧凑，从借景抒情到情景结合。

诗人先描写长安城破后的肃杀，虽已春回大地，但仍难免泪流伤心；再写战事持久，家书全无；最后写自己的衰老和无助。

环环相扣、层层递进，表达了诗人忧国忧民的高尚情感。

写作技巧：拟人

诗人以“花溅泪”和“鸟惊心”来表达自己的伤悲和不安。他故意不写自己流泪、心惊，而是赋予花、鸟感情，说花流泪、鸟惊心，使忧国忧己的情感更加生动和形象。

我和诗歌手牵手

生在和平年代的我们，有责任、有义务承担时代赋予的使命，为国家的繁荣富强贡献自己的一份力量！为了成为一个对国家有用的人，现在就为自己制订一份学习计划吧！

yè shào wēng
叶绍翁

通讯录

叶适

真德秀

基本资料

生卒年

你想知道的事，不巧正是我不想说的～

字 / 号

字嗣宗，号靖逸

家乡

龙泉

（今浙江省龙泉市）

名作

诗集《靖逸小集》，

史料笔记《四朝闻见录》

朋友圈

叶绍翁

今天去拜访一位老朋友，他却不在家，倒是有枝红艳艳的杏花从墙头伸出园外，肯定是想告诉我即使锁起园子，也锁不住美丽的春天吧，真可爱！

♡ 真德秀，负责看守大门的杏花

真德秀：哎呀，想赏花的话，为什么不来我这边呢？我们很久没叙旧了呢！

负责看守大门的杏花：主人早把钥匙交给我保管了，那天我伸出园外就是想找你，没想到你只远远看了我一眼就离开了……

七言绝句

游园不值

yóu yuán bù zhí

叶绍翁

扫一扫
听录音

yīng lián jī chǐ yìn cāng tái
应怜[1]屐齿[2]印苍苔[3]，

xiǎo kòu chái fēi jiǔ bù kāi
小扣柴扉[4]久不开。

chūn sè mǎn yuán guān bú zhù
春色满园关不住，

yì zhī hóng xìng chū qiáng lái
一枝红杏出墙来。

诗歌翻译

也许是园主人担心我的木屐踩坏他所爱惜的青苔，
我轻轻地敲柴门，久久没有人来开门。
可是这满园的春色毕竟是关不住的，
你看，那儿有一枝红色的杏花伸出墙来。

1 怜：爱惜。2 屐齿：古人所穿木屐底下突出的部分。3 苍苔：青苔。4 柴扉：用木柴、树枝编成的门。

诗人在春日里来到一座小花园的门前，想看看园里的花木。他轻轻敲了几下柴门，没有人回应；又敲了几下，还是没人应声。原因是什么呢？于是，诗人猜想大概是园主人怕园里的满地青苔会被他的木屐所践踏，所以闭门谢客。本来游园不成，雅兴应该会大减，但诗人满眼都是春意，想到的也是惜春，可见诗人随遇而安的个性。

后两句中，诗人以一静一动的对比，带出藏不住的春意春光。他在花园外徘徊，想象着园内的美景，抬头之间，忽见墙上一枝盛开的杏花探出头来。诗人从一枝盛开的杏花，领略到满园热闹的春色，感受到绚丽的春光，觉得不虚此行。

诗歌带我游：木屐

木屐，简称屐，我国古人发明的一种两齿木底鞋，走起路来吱吱作响。

木屐是汉晋隋唐时期的常见服饰。汉代女子出嫁之时会穿上彩色系带的木屐。晋朝时，木屐有男方女圆的区别。南朝宋时，贵族为了节俭也穿木屐。木屐后来传入日本，流行至今。

他写这首诗：春光

诗人叶绍翁长期隐居于杭州西湖之滨，他擅长写景。这首诗写江南二月的春光，是叶绍翁的代表作。诗人游园不成，却见春意盎然的动人情景，便借田园风光的幽静惬意，揭示了一个深刻的哲理：一切有生命力的美好事物都是压抑不住的。

亲亲这首诗

这首诗描写一个由隐到显的寻春经过。诗人游园不成，本该感到失望，不料却看见从园中伸出来的一枝杏花，从而领略到墙内的满园春色，便转为惊喜。

全诗布局曲折，有层次。诗人以小见大，以关不住的杏花暗示关不住的春色，富有理趣，给人留下深刻的印象。

写作技巧：示现

示现是把不在眼前的事物描写得如同看见或听见一般的修辞手法。在这首诗里，诗人善于突出重点，用一个“出”字将杏花拟人化，以一枝杏花代表墙内百花，使读者能轻易联想到园内的万紫千红。

我和诗歌手牵手

你有没有试过带着满心期待前往某地，最终却失望而归的经历？当时你有什么感受呢？

zhāng ruò xū

张若虚

通讯录

贺知章

张旭

包融

贺朝

万齐融

邢巨

基本资料

生卒年

647? — 730?

字 / 号

不详

家乡

扬州

代表作

《春江花月夜》

朋友圈

张若虚

小弟的新作《春江花月夜》，就是写“春江花月夜”的春，“春江花月夜”的江，“春江花月夜”的花，“春江花月夜”的月，“春江花月夜”的夜，不服来辩！

♡ 贺知章

贺知章：你有空就多写几首诗吧，尽说这些无聊的话……

chūn jiāng huā yuè yè

春江花月夜

张若虚

chūn jiāng cháo shuǐ lián hǎi píng hǎi shàng míng yuè gòng cháo shēng
春江潮水连海平，海上明月共潮生[1]。

yàn yàn suí bō qiān wàn lǐ hé chù chūn jiāng wú yuè míng
滟滟[2]随波千万里，何处春江无月明！

jiāng liú wǎn zhuǎn rào fāng diàn yuè zhào huā lín jiē sì xiàn
江流宛转绕[3]芳甸[4]，月照花林皆似霰[5]。

kōng lǐ liú shuāng bù jué fēi tīng shàng bái shā kàn bú jiàn
空里流霜不觉飞，汀[6]上白沙看不见。

jiāng tiān yí sè wú xiān chén jiǎo jiǎo kōng zhōng gū yuè lún
江天一色无纤尘，皎皎空中孤月轮。

jiāng pàn hé rén chū jiàn yuè jiāng yuè hé nián chū zhào rén
江畔何人初见月？江月何年初照人？

rén shēng dài dài wú qióng yǐ jiāng yuè nián nián zhǐ xiāng sì
人生代代无穷已，江月年年只相似。

bù zhī jiāng yuè dài hé rén dàn jiàn cháng jiāng sòng liú shuǐ
不知江月待何人，但见长江送流水。

bái yún yí piàn qù yōu yōu qīng fēng pǔ shàng bú shèng chóu
白云一片去悠悠，青枫浦[7]上不胜愁。

shuí jiā jīn yè piān zhōu zǐ hé chù xiāng sī míng yuè lóu
谁家今夜扁舟子[8]？何处相思明月楼[9]？

kě lián lóu shàng yuè pái huái yīng zhào lí rén zhuāng jìng tái
可怜楼上月徘徊，应照离人[10]妆镜台。

yù hù lián zhōng juǎn bú qù dǎo yī zhēn shàng fú huán lái
玉户帘中卷不去，捣衣[11]砧[12]上拂还来。

cǐ shí xiāng wàng bù xiāng wén yuàn zhú yuè huá liú zhào jūn
此时相望不相闻，愿逐月华流照君。

hóng yàn cháng fēi guāng bú dù yú lóng qián yuè shuǐ chéng wén
鸿雁长飞光不度，鱼龙潜跃水成文[13]。

zuó yè xián tán mèng luò huā kě lián chūn bàn bù huán jiā
昨夜闲潭[14]梦落花[15]，可怜春半不还家。

jiāng shuǐ liú chūn qù yù jìn jiāng tán luò yuè fù xī xié
江水流春去欲尽，江潭落月复西斜。

xié yuè chén chén cáng hǎi wù jié shí xiāo xiāng wú xiàn lù
斜月沉沉藏海雾。碣石潇湘[16]无限路。

bù zhī chéng yuè jǐ rén guī luò yuè yáo qíng mǎn jiāng shù
不知乘月几人归，落月摇情[17]满江树。

春天的江潮与大海连成一片，一轮明月从海上升起，与潮水一起涌出来。波光闪动千万里，所有地方的春江都有明亮的月光。江水曲折地绕着花草丛生的原野流淌，月光照射着开遍鲜花的树林，好像细密的雪珠在闪烁。月色如霜，无从觉察流霜飞过。沙滩上的白沙和月色融合在一起。江水、天空浑然一体，没有一点儿灰尘，明亮的天空中只有一轮孤月高悬。谁在江边第一个看见这轮明月呢？这明月又是从哪一年开始把它的光辉投向人间的呢？

人生一代代无穷无尽，江上的月亮却年年相似。不知江上的月亮在等待着什么人，只看见长江不断地送走滔滔江水。丈夫像一片白云，悠悠地飘走，留下妻子在离别的地方不胜忧愁。谁家的丈夫今晚坐着小船在外漂荡？谁家的女子在楼上想念着那在外漂泊的人？那月光的清辉好似在楼上徘徊，应该在照耀着妻子的梳妆台。月光透过门帘照进妻子的房间，欲卷不走；照在她的洗衣砧上，欲拂不掉。

此时我们都看着月亮，可是听不到彼此的声音。我多么希望跟随这月光去照拂你。鸿雁高飞，却飞不出无边的月光；鱼儿跳跃，也只能激起阵阵波纹。昨夜梦见花落闲潭，可惜春天已经过了一半，你仍未能返家。江水载着春光将要流逝，水潭上的月亮也要西落。斜月沉沉，渐渐淹没在海雾之中，分离的人依然天各一方。不知有几人能趁着月光回家？只知那西落的月亮摇荡着离情，将光辉洒满江边的树林。

① 共潮生：随着潮水上涨而升起。② 滟滟：波光闪动的样子。③ 绕：围绕。④ 芳甸：花草丛生的原野。甸，古时称郊外之地。⑤ 霰：雪珠。⑥ 汀：沙滩。⑦ 青枫浦：故址在今湖南浏阳境内。这里泛指别离的场所。浦，江水分岔处。⑧ 扁舟子：小船。这里代指在外奔波的人。⑨ 明月楼：代指明月之夜在楼上思念远游者的女子。⑩ 离人：丈夫在外，只能独守空闺的女子。⑪ 捣衣：古时的人洗濯衣服的方法，即将衣物放置在石板上，用棍棒捣去污垢。⑫ 砧：捣衣用的石板。⑬ 文：同“纹”，此处指水波。⑭ 闲潭：幽静的潭水。⑮ 梦落花：春天过了，花就会凋谢。梦见花落，代表春天逝去。⑯ 碣石潇湘：这里以碣石代表北方，以潇湘代表南方，泛指天南地北。⑰ 摇情：触动感情，心绪不宁。

诗人为我们描绘了美轮美奂的春江美景：江潮浩瀚无边，仿佛和大海连在一起，气势宏伟。除此以外，诗人还看到江水弯弯曲曲的线条美、花草遍生的自然美和月色泻在花树上的和谐美。这些景象沐浴在月色之中，大千世界仿佛被染成银灰色，千娇百媚。

在诗人细腻的笔触下，月下的江边幽美恬静、纯净和谐。看着眼前美景，诗人不禁疑惑：谁在江边第一个看见这轮明月呢？为什么他们没有留下只言片语呢？这江月又是从哪一年开始把它的光辉投向人间的呢？

诗人由此想到人生和月亮的关系：人是代代相传、绵延久长的，而月亮则年年相似。这江月似乎在等什么人，却从没等到；这条大江不断地送走流水，却不见它把人们所期盼的人带回来。由此，诗人把焦点从景色转到了情感上，带出了人间的离愁别绪。

世间有情人常分隔两地。白云飘忽象征丈夫的行踪不定，“青枫浦”象征离别之地。别后相思，诗人写妻子思念丈夫，却不直写妻子的心情如何，而是以月光徘徊不定来比喻她内心的不安。月光柔和地洒在梳妆台上、玉户帘上、捣衣砧上，但妻子并不领情，因为这一片月光提醒了她，此时此刻，丈夫在异地也目睹了同一轮月亮，两人却偏偏不能相见。她有点儿恼火，想要拂去这恼人的月色，但事与愿违，月光又岂是她能赶走的呢？

诗人接着又把画面打开，不单描写妻子的惆怅孤独，更着墨于一对分隔两地的有情人：两人共望明月，却无法相见，只好依托明月，遥寄相思之情。可惜鸿雁虽善于长途飞行，仍未能飞到对方身边；善于潜跃的鱼儿，只在水中挣扎，激起一阵阵波纹，也未能游到对方跟前。

这时，诗人把镜头转到丈夫身上，用落花、流水、残月来烘托他思妻情切：花落幽潭、春光逝去，与妻子还远隔天涯。碣石、潇湘，天南地北，路远阻隔，怕是今生难相见了。

最后，诗人收拢思绪，慨叹如此美好的春江月色，却不知有几人能趁着月光回乡？

诗歌带我游：月亮

古时又称太阴、玄兔。在中国传统文化语境中，月亮寓意“母性”“女性”，属“阴”。中国式的月亮温馨、宁静、超逸，有一种婉约朦胧、通透淡泊的女性美。在先秦两汉文学中，月亮常常是美人的代名词，用月亮来象征美人是最常见的手法。

他写这首诗：思念

诗人张若虚生平事迹不详，只知他因文采过人而名满京城，但现存诗作只有两首。《春江花月夜》是他的代表作，全诗三十六句，约十二句换一场景，由景生情，再归于景，想象丰富，布局精妙，手法多样，是思念长诗的经典之作。

亲亲这首诗

这首诗紧扣春、江、花、月、夜来写，其中又以月为主体，分别写春江的美景、对江月的感慨和人间的离愁。在月亮的照耀下，江水、沙滩、天空、原野、枫树、花林、飞霜、白沙、扁舟、高楼、镜台、砧石、长飞的鸿雁、潜跃的鱼龙、不眠的妻子、漂泊的丈夫，组成了完整的诗歌形象，呈现出一幅富有人生哲理与生活情趣的画卷。

写作技巧：对偶

对偶是指把两个结构相同或相似、意思相关或相对、字数相等、词性相对的短语或句子，对称地排列在一起。诗人在这首诗里运用了不少对偶句，如“人生代代无穷已，江月年年只相似”“鸿雁长飞光不度，鱼龙潜跃水成文”，使整首诗显得整齐、匀称，富有节奏感。

我和诗歌手牵手

月亮有阴晴圆缺，你见过它的各种形态吗？如果要描述月亮的各种形态，你会如何下笔呢？